青春スポーツ小説アンソロジー

# ぼくらが走りつづける理由

あさのあつこ／五十嵐貴久／川島 誠／川西 蘭／
小手鞠るい／須藤靖貴

ポプラ文庫ピュアフル

『青春スポーツ小説アンソロジー　ぼくらが走りつづける理由』

# 目次

# ロード

あさのあつこ

Atsuko Asano

## あさのあつこ

1954年岡山県生まれ。青山学院大学文学部卒業。『バッテリー』で野間児童文芸賞、『バッテリーII』で日本児童文学者協会賞、『バッテリー』シリーズで小学館児童出版文化賞を受賞。著書『バッテリー』シリーズ（角川文庫／教育画劇）、『The MANZAI』シリーズ、『ほたる館物語』シリーズ（ともにピュアフル文庫）、『NO.6』シリーズ（講談社文庫）、『ありふれた風景画』（文春文庫）、『朝のこどもの玩具箱』（文藝春秋）、『夢うつつ』（東京書籍）ほか。共著に『ピュアフル・アンソロジー 夏休み。』（ピュアフル文庫）などがある。

走っていた。

桜並木の下だった。

爛漫《らんまん》に咲いているときは、確かに桜色に照り輝いているのに、一枚、一枚は儚《はかな》いほどに白い。

そんな花びらが、降り注いでいた。

風が吹いているのだろうか、桜は絶え間なく散り続けている。

散って、散って、散って、散って、散って、散り続け、少しも散り止《や》まない。それなのに、頭上の枝々にはびっしりと花がつき、僅《わず》かの隙間もない。

散った後から、後から、新たな花びらが生まれ出てくるようだ。

走っている道は緩やかな上り坂になっている。見覚えのある道だった。この道の先に何があるかよく知っているはずなのに、思い出せない。

おれは、どこに行くんだろう。

亮平《りようへい》は考えた。

走りながら、必死に考えた。

おれは、どこに行こうとしているのだろう。

答えがみつからない。

ふいに空が見たくなり、顔を上げる。頭上は桜で埋まっていた。天を覆った桜の花がいっせいに輝く。

眩《まぶ》しい。

前につんのめった。足首に激痛が走る。叫ぼうとしたけれど声が出ない。

声が出ない。


目が覚めた。

淡黄色《たんこうしょく》の天井が見えた。ぐっしょりと汗をかいている。タオル地のパジャマが重いほど濡れていた。

痛い。

足首ではなく頭が、だ。誰かが力任せに脳みそを攪拌《かくはん》しているような感覚がする。気分が悪く、吐き気がした。

二日酔いだ。昨夜、しこたま飲んだツケが回ってきたらしい。何軒かはしごして飲み歩き、三軒目あたりからは記憶が途切れている。よく、家まで帰りつけたものだ。しかも、ちゃんと、パジャマに着替えているではないか。亮平はゆっくりと首を回し、視線を巡らせた。

見慣れた自分の家、自分の寝室だ。昨日、身につけていた背広とワイシャツがハンガーにかかっている。

記憶が途切れるほど酔っていながら、自宅に帰り着き、服を着替え、脱いだものをちゃんと片付けたのだ。

我ながら、律儀なものだな。

苦笑してしまう。いや、嘲笑にちかいかもしれない。己の律儀さ、生真面目さを己自身が嗤《わら》ってしまう。

ふと気になって、背広のポケットをさぐる。黒い模造皮革の財布を取り出す。中を確かめる。数枚の札と飲み屋のレシートが入っていた。ほっと息を吐いていた。そして、また嗤笑《ししょう》が浮かぶ。財布が盗られていないかと一瞬でも慌てた自分がおかしい。

律儀で、生真面目で、小心者だな、おれは。

笑いのかわりに、ため息が出た。とたん、頭痛がひどくなる。同時に喉《のど》がひりつくような渇きを覚えた。

冷たい水が飲みたい。

沙由美《さゆみ》がいたころは、目が覚めるといつも、枕元にミネラルウォーターのペットボトルが一本、置いてあった。そのころは、こんなに酔いどれることはなかったけれど、僅かでも飲んだ翌日は必ず用意されていたのだ。

「朝、起き抜けに水を飲むと身体にいいのよ。寝ているときに溜まった老廃物が流れちゃうの」

「おいおい、なんだよ、それ。科学的根拠のある話か」

「科学的根拠なんていいの。水をぐいって飲んだら、身体の中がきれいになるって、なんだか、そんな感じするでしょ」

「そうかあ？　なんか怪しくないか」

「ほら、理屈を言う前に飲んで、飲んで。ぐいっとやっておくんなさい、ダンナ」

沙由美のおどけた口調がおかしくて声を出して笑ってしまった。

何ということもない会話だった。とりとめのない、さして意味のあるわけでもない夫婦の会話だ。この国のいたるところで、似たような言葉が交わされているだろう。ごく平凡でつまらない……それがどのくらいかけがえの無いものだったか、失って初めてわかった。この両の手からするりと抜け落ちて初めて知った。

沙由美……。

人の命とはあっけないものだ。こんなにもあっけなく逝《い》ってしまうものだったのだ。まるで、シャボン玉だ。今の今まで確かに存在していたのに、パチリと弾けて消えてしまう。信じられないほどあっけない。

沙由美に非があったわけではない。沙由美は罪も過ちも何一つ、犯してはいなかった。

夕食の席で突然に意識を失い病院に搬送されてから半年、季節が春から夏へ移ろい、秋めいてきたころに沙由美はまだ三十年に満たない生涯を閉じた。

理不尽だと思う。

人が生きることも、死ぬことも理不尽だ。

なんで、沙由美が死ななくちゃいけなかったんだ。なんで、おれが沙由美を奪われなくちゃならないんだ。

どこにもぶつけようがない怒りは内にこもるしかない。内側からじりじりと亮平を炙《あぶ》る。肉体ではなく心に火ぶくれを作るのだ。

疼《うず》いてたまらない。

鎮痛剤を投与するように、酒を飲んだ。酒量がかなりの早さで増えているとわかってはいたけれど、酩酊《めいてい》した自分の無様さを度々意識もするけれど、止まらなかった。

ああ、まだ、こんなに好きだったんだな。

酔って朦朧《もうろう》とした意識の底にそんな想いが突き刺さる。夫婦として共に暮らした年月の間に少しは褪《あ》せたかとも感じていた想いは、褪せたのではなく時間という土に浅く埋もれていたに過ぎない。皮肉にも、沙由美の死によって掘り起こされ、むき出しになる。

疼いてたまらない。

沙由美とは高校のときに知り合った。亮平が一目惚れしたのだ。一目見て、惹《ひ》きつけられた。忘れられなくなった。

陸上部部員として、トラックを走っている沙由美は、それまでの人生で亮平が出会った誰よりも美しくて、生き生きとしていた。等間隔に並べられたハードルを軽々と越えていく姿も大粒の汗を額に浮かべて微笑む顔も眩しい。見ているだけで胸が高鳴る。

沙由美は十七歳、亮平は十六歳だった。もう……一昔前のこと、遥か過去の話だ。

「クイン、クイン」

背後でか細い声がした。振り向く。ベッドの布団がもぞもぞと動いたと思うと、小さな黒い頭がひょこりとのぞいた。

「は……犬？」

真っ黒な子犬だ。右耳はピンと立っているのに、左耳は半分折れている。それに合わすように左前足の先だけが白い。

なんで、おれのベッドから犬が……。

唖然としている亮平の前で、子犬は床にとびおり、しっぽをくるくると回した。しっぽの先まで真っ黒だ。唐突に記憶がよみがえった。艶《つや》っぽい女の声を思い出す。

「店の裏に捨てられてたんだけど、困ってんの。保健所に渡すのも惨《むご》いでしょう。お客さん、家持ちなんでしょ。庭とかあるわよねえ。ねっ、この子、飼ってやってよ。お願い。一杯、おごるから。ねっ……えっ、ほんとに、ほんとに飼ってくれる？　わぁ、お客さん、ありがとう。ほっとした。じゃあお約束の一杯ね。水割りにします？」

どんな顔つきだったか、痩《や》せていたのか太っていたのか、まるで覚えていない。ただ、かすれているのに妙に艶っぽかった声色とその声で語られた言葉だけがくっきりと浮かびあがってきた。

そうだ、行き当たりばったりに入った飲み屋で、捨て犬を押し付けられたのだ。

「ロード？　へぇ、そんな名前にするの？　へぇ……そうなんだ、昔、飼ってた犬の名前なんだ、へぇ……うん、うん。お客さん、走ってたの？　陸上、やってたんだ。それで犬にもロードって名前つけたわけ？　あら、いいじゃない。お客さん、センスいいわよ。じゃあ、ロード二号にかんぱーい」

女はそう言って、あはあはと笑い声をあげた。押し付けた後ろめたさからか、本来陽気でおしゃべりな質《たち》なのか、亮平の繰り言に根気よく耳を傾けてくれたような気がする。気がするだけで、自分がどんな話をしたのか、ひどくあやふやではあったけれど。

「ロードか」

呟《つぶや》いていた。子犬が吼《ほ》える。もうすでに自分の名前だと認めているのだろうか。

ロード。そんな名の犬を飼っていた。

＊

ロードが後ろ足で立ち上がる。しっぽを振り、前足を振って歓喜の情を体全部で表している。

「ああ、わかったって、今、連れて行ってやるから」

坂城《さかき》亮平は軽くストレッチすると、ロードの首に散歩用のリードをつけた。朝夕、ロードと共に三キロほどの道のりを走るのが日課になっていた。最初は息が切れたし、ロードの糞の始末や、他の犬との唸《うな》りあいに辟易もしたけれど、このところ、ずいぶんと慣れた。ただ、糞の始末用の袋を提げてのランニングはちょっとかっこ悪いなと恥ずかしくはある。自主的なランニングであっても、かっこよくありたい。トラックでの練習や試合本番となれば、なおさらだ。

キャプテンの藤島洋太《ふじしまようた》のようにそこに立っているだけで、絵になるようなかっこいい選手になりたい。

心密かに思っている。思っているだけで、もちろん、口に出したりはしない。そんなことをちらりとでも漏らしたら、大笑いされるに決まっている。

藤島洋太は全国レベルの実力をもつトップアスリートだった。中距離走者として将来を嘱望されている。オリンピックさえその視野に入っていると藤島本人から聞いたことがある。

「おれは世界を目指してるんだ」

そんなセリフが少しも大仰でなく、嘘《うそ》っぽくなく、ぴたりと決まる雰囲気と実力を藤島は有していた。

亮平は平凡な選手だった。藤島と比べるまでもなく、平凡なタイムしか出せない、平凡な選手だ。亮平自身が一番よく、わかっていた。

スポーツというものは単純で残酷だ。その競技がどんなに好きでも、どんなに努力しても、才能のある者にはかなわない。努力して、努力してやっと摑《つか》んだ成果や成績を、才のある者はこともなげに超えて行く。そして、天賦の才に恵まれ、ぎりぎりの努力を続けられた者だけが最後に残る。

才能という線引きで、亮平はすでに藤島たちのいる場所からは弾き出されていたのだ。かといって、亮平は自分を卑下しているわけではない。恥じてもいなかった。

走るのは好きだったし、それなりに速くもあった。それなりに、だ。高校に入学して、藤島たちの走りを目にしたとき、それなりの者と本物との差を悟った。まるでレベルが違う。全然、違う。

差を感じられないほど鈍感ではなかった。そして、それでもやりたいと望むほど陸上にのめり込んでもいなかった。あっさりと諦められる程度のものだったのだ。

沙由美に会わなければ、そこで陸上とは縁が切れていたはずだ。

出会ってしまった。

夕暮れのグラウンドを一人走っている、小柄だけれど手足の長い少女を見てしまった。髪を一つに束ねて、日に焼けた滑らかな肌をしている。

カバンを脇にはさんでグラウンドを横切っていた亮平の傍らを少女は、走り過ぎていく。目が合った気がした。固く結んだ口元が凛々《りり》しくて、黒目がちの双眸《そうぼう》が信じられないほど美しい。文字通り、息を呑んでいた。立ち止まったまま、視線で少女を追っていた。

こんなことって、ほんとに……あるんだ。

たった一目見ただけの相手に心を奪われる。テレビドラマや物語の中だけのできごとじゃなかった。現実としてあるのだ。こんなにも唐突に生々しく遭遇する現実だったんだ。

グラウンドを一周して少女がまた近づいてくる。

早く立ち去れ。こんなところで、ぼんやりしていたら変なやつだと思われちまうぞ。亮平、何してんだ。さっさと帰るんだよ。

理性は叱咤《しった》するけれど、身体が動かない。それでも、まともに少女と目を合わせる勇気はなく、足を引き剝がすようにしてグラウンドに背を向けた。

「坂城くん」

呼び止められた。呼び止めたのが今しがたグラウンドを走っていた少女で、呼び止められたのが自分であると、とっさに理解できなくて、亮平は足を止めなかった。

「坂城くん、待って」

サカキクン、マッテと聞こえた。

サカキって……おれのことか。おれのことだよな。

足を止め、振り向く。おそるおそる、身体をねじる。

少女が息を弾ませて、立っていた。西日が顔をほんのりとそめている。頰《ほお》を伝う汗まで夕暮れの色をしていた。

「坂城くんでしょ。新入生の？」

「……はい」

「体験入部のときに、来てたよね」

「あ……はい。参加してました」

「わたしね」

そこで少女は自分の胸を軽く押さえた。練習着のそこに名前が黄色い糸で縫い取ってある。

「乾《いぬい》、乾沙由美と言います。受付をしていたんだけど……」

イヌイ　サユミ。

その名前をゆっくりと舌の上で転がす。

気がつかなかった。受付にこんな少女がいたなんて、少しも気がつかなかった。

この時からずっと後のこと、いっしょに暮らし始めて気がついたのだけれど、沙由美は決して華やかに目立つ女ではなかった。むしろ、地味で物静かな色をもつ。しかしその色は暗く沈み込むのではなく、光をあびて煌《きら》めくものだった。沙由美の何気ない仕草や表情が煌めくのだ。

「坂城くん、来ないの？」

沙由美が微かに首を傾げる。

「え？　来ないって、どこにですか？」

「うちの部に来ないの？　陸上部」

「あ、それは……いえ……あの」

「坂城くん、すごい真剣に練習、見てたでしょ。だから、覚えてるんだけど……あっ、この新入生、すぐにも入部するなって思ってたのに、なかなか入部してこないからどうしたのかなって……」

天にも昇るというのは、こういう心地なのだろう。本当に背中に羽が生えた気がする。心身が浮遊する感覚だ。

この人が、おれのこと気にかけてくれていた。

嬉しい。めちゃめちゃ嬉しい。

亮平はだらしなく緩もうとする頬の筋肉を必死で引き締めていた。

「入部しないの？」

「あっ、いえ。そんなことは……ないです。ただ、ちょっと自信がなくなったもので」

「自信が？　どうして？」

「それは、その……やっぱり高校生ってすごいなとか思っちゃって、藤島さんの走りとか見てたら、おれらとは全然、違うんで……」

沙由美が笑った。歯の白さが鮮やかだ。

「そんなこと気にしてたの？　藤島くんは藤島くんだし、坂城くんには坂城くんの走りがあるでしょ。他人とか、あんまり関係ないと思うけど。あっ、ごめんね、わたし、つまんないこと言ってるね。大きなお世話だよね」

「いや、そんなこと……」

ないです。まったく、ないです。声をかけてもらって、身体が浮き立つほど嬉しかったです。

「呼び止めたりして、ごめんね。じゃあね」

沙由美は軽く手を振って、亮平に背を向けた。夕焼けの赤い光の中を遠ざかっていく。

坂城くんには坂城くんの走りがあるでしょ。

他人とか、あんまり関係ないと思うけど。

沙由美の一言、一言が耳の奥に残り、澄んだハミングのように響いてくる。

二日後、亮平は入部届を提出した。

我ながら単純だと思う。不純かもしれない。陸上部の活動そのものへの興味より、沙由美の傍にいたい、姿を見たい、声を聞きたい、そんな想いが動機なのだから。

単純で不純で、一途で純粋だ。そして、臆病だった。入部から半年が過ぎても、亮平の片恋は片恋のまま、一方通行のままだった。告げられない。あなたが好きですと、告げられない。たまに言葉を交わすことはあったけれど、たいてい一言か二言、「がんばってるね」「はい」、「調子、どお?」「まあまあです。先輩は」「けっこういけてるよ」そんな会話で終ってしまう。沙由美と亮平の関係は陸上部の先輩、後輩のまま僅かの変化もなかったのだ。

変化は、むしろ、亮平の走りにあった。監督の指示で、短距離から長距離に変わったのだ。中学のときは、ずっと百メートルを走っていた。正直、戸惑った。長距離を走る自分の姿が想像できなかった。

「おまえの性格も走りも、長距離に向いている」

「そうなんですか？」

「そう考えたことないか？」

「あまりないです。ぼーっとしてるもんで」

「おまえは、ぼーっとしてるんじゃない。焦らないんだ。そこが向いてるんだよ、長距離にな。ともかく、騙《だま》されたと思ってやってみろ」

監督に騙されたと思って、挑んだ長距離走だったが、思いの外《ほか》、楽しいのだ。確かに合っている。

スタートダッシュ、最初の一歩の緊張を最高潮に保ったままゴールする短距離走と違って、たとえスタートでつまずいても走っている過程で取り返しがつく。自分のペースを確かめながら自分の走りを組み立てることができるのだ。

楽しいと感じた。

走るのが楽しい。

走る前の緊張も、走っているときの辛さも、走り終わった爽快感も同等に楽しい。おもしろい。

おれ、走るの、けっこう好きだったんだな。

胸の内でそんな呟きを何度も繰り返した。だからといって、亮平が目を見張るほどのタイムを出したわけではない。ある程度までは、ゆっくりと確実に記録は伸びていったけれど、ある程度までにすぎない。ある程度で頭打ちになり、そこを突き抜けられない。楽しかろうが、辛かろうが、努力しようが、足掻《あが》こうが、同じだ。限界という境界線を突破していく者と、どうしても衝破《しょうは》できない者と。自分が後者であることを改めて思い知らされる。しかし、亮平を打ちのめしたのは、成績やタイムとして現れる数字ではなく、実体のないうわさ話だった。

沙由美と藤島がつきあっている。

「なんだかな、藤島さんが一生懸命らしいぜ。乾さんの誕生日に告《こく》ったってよ。二人で並んで歩いてるの三組の佐々木《ささき》が見たってよ」

吉池《よしいけ》という部員が教えてくれた。同じクラスということもあり、陽気な性格が好ましくもあり、仲の良い相手だった。

「乾さんが藤島さんと……」

「そうそう。けど、言われてみたら、けっこう似合いかもな」

「似合いって、どこがだよ」

動揺を表さないよう、できれば苦笑なんか浮かべたかったけれど無理だった。

「なんだ、亮平、どうした？　なんで、そんな怖い顔してんだよ」

吉池がいぶかしむほど険しい顔つきになっていたらしい。頬をなで、いやべつに、と横を向くのが精一杯だ。

沙由美と藤島。

似合いと言えば、確かに似合いかもしれない。少なくとも、自分と沙由美よりずっと……。

自嘲に引きずりこまれていく自分が嫌で、やりきれなくて、情けなくも感じて、亮平は胸の塞《ふさ》がるような気分で日々をすごしていた。

ロードを拾ったのはそんな日々の直中《ただなか》だった。

帰宅の途中、近道のために横切った公園で拾った。子犬ではなくコーヒーの空き缶だ。誰かが投げ捨てた物だろう。なにげなくひろってゴミ箱に捨てようとした。そのゴミ箱の中に黒い子犬がいたのだ。朝から雨模様の日だったから、子犬は濡れそぼち、震えていた。缶を捨て、子犬を抱き上げた。

動物嫌いの母親を説得し、亮平が全ての面倒を見るという約束で飼い始めた。それが秋の長《た》けたころ、紅葉前線の南下が報じられる時季だった。

黒い小さな子犬はよく食べ、よく眠り、ぐんぐん育ち、冬の終わりには、成犬に近い体格になっていた。漆黒のふさふさした毛並みと太いしっぽをもつ、中型犬だ。そのころから、日々の散歩はランニングへと変わり、亮平は川土手《かわどて》を通り住宅街を抜け自宅に帰るコースをほぼ毎日、ロードと共に走った。走っていると、想いも悩みも透明になっていくようで、揮発していくようで、心が軽くなる。自分の鼓動とか、体温とかを強く感じ、風や土の香を感じ、光を感じる。走り終えれば、消化しきれない悩みも、持て余す想いも、圧《の》し掛かってはくるのだが、走るたびに耐える力がつき、強くなれる気がしていた。

「あれ、坂城くん」

「乾さん」

ランニングの途中、偶然、沙由美と出会ったのは川土手から住宅街へと続く道の途中だった。

「犬といっしょに走ってるんだ」

「あ、はい」

「かわいいね。なんて、名前?」

「ロードです」

「ロードか。うん、いい名前だ」

ロードの頭を軽くなで、沙由美が立ち去ろうとする。その横顔に声をかけた。

「乾さん」

沙由美が振り向き、目を瞬《しばたた》かせる。

「乾さんて、今、つきあっている人がいるんですか」

随分と直截《ちょくさい》な問いかけだった。露骨と言ってもいい。もう少し聞きようがあるだろうにと、口にしてから、自分で自分が恥ずかしくなる。不躾《ぶしつけ》な質問に、沙由美はもう一度、目を瞬かせた。

「いいえ」

ゆっくりとかぶりを振る。

「いないわ」

そのとき、ロードが鳴いた。どうしてだか、胸が高鳴った。身体が火照《ほて》る。長距離を走りぬき、ゴールラインを越えた一瞬の興奮が身を貫く。

「あの、もし、そうなら。おれとつきあってくれませんか。あの、おれ、乾さんのこと、ずっと好きでした。こんなこと言うと、怒られるかもしれないけど……あの、陸上部に入ったのも乾さんがいたからで……才能ないって諦めたこともあったけど、でも、乾さんがいるから続けているみたいなとこ、あって……」

ずっと抱えていた想いを言葉にしている。それなのに、言葉は水の中の新聞紙みたいに、どろどろになっていく。しどろもどろだ。高鳴りは動悸に、火照りは羞恥に変わっていく。でも言わなくちゃ、もう黙っていることなんて、できない。耳の奥で空砲が鳴った。スタートの合図だ。どんなに努力しても超えられない一線はある。よくわかっている。おまえはここまでなんだ。ストップウオッチに刻まれた数字が如実に語る。だけど想いなら超えていける。強く誰かを想うことに、限界なんてないはずだ。しっかりしろ、亮平。最後まで走りぬけ。

「おれ、ずっと、乾さんが好きでした」

沙由美が首を傾げる。小さく呟く。

「そうかなあ」

「え?」

沙由美の視線がぶつかってくる。冷静だ。でも真剣な光があった。戸惑っても慌ててもいない。

「わたし、坂城くんがわたしのために陸上しているなんて思えないけど。坂城くん、走ること好きでしょ」

「あ、はい。好きです」

即答できた。好きだと、答えることができる。

そういえば、おれ……。

沙由美と藤島のうわさを耳にしてショックは受けたけれど、陸上を止めようとは思わなかった。ただの一度も、思わなかった。沙由美がいてもいなくても、走り続けていたはずだ。

五千、一万、もっと長く、もっと遠くまで走りたい。そう望む自分がいるではないか。

おれ、走るの、好きなんだ。

沙由美が顎《あご》を上げ、亮平を見つめる。

「時間、くれる」

「え？」

「さっきの返事。少し考えさせてください」

「え、あっ、はい。それは……はい、いいです」

「ありがとう。ロード、またね」

沙由美はもう一度、ロードの頭をなでた。黒いしっぽがおかしいほど激しく振られる。

亮平は大きく息を吐き出した。胸に満ちてくるものがある。今、背中を見せて遠ざかっていくあの人が好きだという想いが、走り続けたいという想いが、胸に満ちてくる。

見上げた空は美しい紫紺の色をしていた。ロードが、佇《たたず》んだままの主人を急かすように、小さく鳴いた。

「よし、走るぞ」

紫紺の空の下を亮平とロードは並んで走り出した。

*

亮平が二十一になったとき、ロードは死んだ。何かの拍子に首輪が外れ、表に飛び出したところをトラックにはねられたのだ。動物嫌いだったはずの母が、庭の隅に作られた墓の前で大泣きをした。沙由美もいっしょに泣いていた。雪の日で、丸い自然石を置いた墓の上がうっすらと白くなっていたのを覚えている。

今、目の前にいる黒い子犬は、ロードに似ているようで、まったく似ていないようで……どちらにしても、久しく忘れていた黒い毛並みの、走るのが大好きな犬のことを思い出させてくれた。沙由美と出会ったころ、胸に抱いていた想いもまた掘り起こしてくれた。

「ロード、か」

子犬が体には不釣合いな大声で鳴いた。後ろ足で立ち上がり、前足を合わせて上下に振る。ロードがランニングをせがんでいたときのポーズだ。

走ろうよ、ねえ、走ろうよ。

そこにロードがいた。

走ろうよ、ねえ、走ろうよ。

亮平は目を見開き、ロードを見下ろす。

だめだよ、ロード。おれ、もう、走れないよ。この身体を見ろよ。酒でぶよぶよになっちまった。おれは、もう、走ることなんて……。

坂城くん、走ること好きでしょ。

沙由美の声が聞こえる。まっすぐな眼差しを感じる。

好きなものが二つあった。

沙由美という人間と、走ること。

一つを失った。だけど、もう一つは失ったわけじゃない。この手から永遠に消えてしまったわけじゃない。おれが忘れていただけだ。忘れていたものを思い出した。

走ろうよ、ねえ、走ろうよ。

坂城くん、走ること好きでしょ。

ロードを抱き上げる。

「おまえ、また、おれといっしょに走ってくれるか」

桃色の舌が亮平の鼻を舐《な》めた。

「おまえ、また、おれといっしょに……」

ふいに涙が溢《あふ》れ出た。あとからあとから、零《こぼ》れ出る。止まらなかった。

沙由美が亡くなってから初めて、声をあげて泣いた。ロードを抱きしめて、泣く。おいおいと泣く。

沙由美、沙由美、沙由美……。

号泣しながら、痺《しび》れたような頭の片隅で亮平は考えていた。

おれのランニングシューズは、どこに仕舞い込んだだろうか。なあ、ロード、おまえ、また、おれといっしょに走ってくれるか。

# サッカーしてたい

川島 誠

Makoto Kawashima

# 川島 誠

（かわしま・まこと）

1956年東京都生まれ。京都大学文学部卒業。83年に短編「幸福とは撃ち終わったばかりのまだ熱い銃」を発表しデビュー。著書『夏のこどもたち』『800』『もういちど走り出そう』『ロッカーズ』（以上、角川文庫／マガジンハウス）、『しろいくまとくすのき』（文溪堂）、『ゲキトツ！』（BL出版）、『セカンド・ショット』『NR（ノーリターン）』『海辺でロング・ディスタンス』（以上、角川文庫）ほか。共著に『青春スポーツ小説アンソロジー Over the Wind』（ジャイブ）などがある。

A1

いやになるぜ、まったく。

なんで、俺《おれ》たちだけ、いつもいつも、こんな目にあわなきゃなんないのかってね。

知ってるかい？　「平等」なんて言葉は、教科書の中に書いてあるだけなんだよ。

ともかく、これで、また、俺たちは引っ越す。わけのわからないところに。

転校だって、何回目になるのか。数えたくもねえや。

こういうのは、全部、親のせいなわけよ。

ほら、結局、あれだよ。聞いたことあるだろ。こどもは親を選んで生まれてくることはできない、って。

そりゃ、そうだわな。

だけど、おまえも俺の両親みたいなやつらに当たってみろよ。人生のデビューでだぜ。

最悪。こっからね、どうやって、取り返してったらいいんだ？

教えてくれよ。

B1

まあ、どうってことはない。世の中には、よくあるんじゃないかな。

もう少ししたら、父親が刑務所から出てくるってことになった。

刑期短縮。模範囚なんだって。あまり、「模範」っていうのは、うちの父親には似合わない気がするけど。

それであせったんだろうな、母親は。

相手なんて、だれでもよかったんだろう。ともかく、手近な男のところに走った。中学生のこども、ふたりを放り出して。

それだけのことだ。

母親がいなくなったときには、その、いなくなったってことが最終的に確認できるまでが、ちょっと面倒だった。手紙ぐらい残しておいてほしかったな。

ひとことでいい。

自分は、出て行くんだ、こどもたちは勝手に生きなさいって。

A2

で、愛生園《あいせいえん》ってところに放り込まれたってわけよ。

変な名前だろ。名前なんてどうでもいいけど。

そういう施設があるわけよ。俺たちみたいな、親や親戚に見捨てられたこどもが入れられる。

そうね、人数は、結構、そこそこはいるみたいね。男も女も。小学校にあがる前ぐらいのやつから、半分、オッサンみたいな顔したのまで。

なんか、うっとおしいぜ。園長室なんてとこに、まず、連れてかれてさ。

その園長ってやつが、なんて言ったと思う？　当たらないな、絶対。

「おめでとう、愛生園へようこそ」

だってさ。

めでたいはずないだろ、そんなもん。

俺たちは好きで来たわけじゃない。他にいるところがないからぶち込まれたんだ、ここに。

園長が言うにはさ、

「これで君たちは、規則正しい生活を送ることができる。新たな出発のときなんだ。おめでとう」

それで、ニコニコして、手出してきて握手すんのよ。

いろんな言い方ができるもんだ、とは思ったな。だって、園長にしてみたら、ひとごとだもんね。俺たちの立場じゃない。

中坊《ちゆうぼう》にもどってさ、親に捨てられるような目にあってみてから、もう一度言えよ、いまのセリフ。

B2

ふたごっていうのは、そんなに珍しいのかな。園長に施設のなか案内されてると、チビたちがついてくる。

君たち、あとで遊んであげるよ。

A3

歓迎会って、だれが歓迎しているんだ？

いままでね、ひとに歓迎された経験はない。逆に、いやがられたことなら、いっぱいあるぜ。

たとえば、じいさんとばあさんの家とか。

母親に連れて行かれたんだ。小学校の六年のはじめだよ。

自分が生活してくのに、じゃまだったんだろうな、俺たちが。

その、じいさんとばあさん、孫が一緒に住むっていうのに、たいした歓迎ぶりだったぜ。俺たちが着いたしょっぱなから、機嫌が悪い。

それで、母親は、ひと晩たった翌朝、帰って行った。じいさんばあさんの機嫌とは関係なく、俺たちを残して。どっかの旅館で住み込みで働くとか言ってたけど、本当だったのかどうか。

そしたら、じいさんとばあさん、とたんにだよ。

ふたりで何を言い出すかと思ったら、おふくろの悪口。身持ちが悪い。だらしない。男を見る目がない。ふしだらだ。

俺、こういった言葉、いっぱい学んだぜ。主として、ばあさんからだな。小学生に対して、立派な教育だ。

あげくのはては、俺たちのおふくろは、中学のころからあばずれだったって、わざわざ教えてくれる。その田舎《いなか》くさーい地元では有名で、雌犬《めすいぬ》みたいにだれとでもするから、「公衆便所」って呼ばれてたんだってよ。

たくさんの男が、次々とやってきては、おふくろのあそこにナニを突っ込んで、出しまくる。でもなあ、そもそも、てめえらの娘だろうが。

言うか？「公衆便所」なんて。しかもさあ、一応、俺たちの親なんだぜ。「公衆便所」の母親。

じゃあ、なにかよ、便所のオマンコから出てきた俺たちは、クソだっていうのか？

そんなくせ、六年にもなって体はデカイんだから、一人前に家の仕事を手伝えとか、そういうことは、すごくうるさいのよ。

俺、腹立ったから、ばあさんの財布から、金くすねてやった。だって、こづかいなんてくれないんだもん。

ばあさん、最初、気づかなかったんだけど、そのうちさ、そういうのって、だんだん金額が大きくなるから、しまいにはバレて、あとは予想通りの展開よ。

じじいは、さすがオヤジの息子だって言いやがった。犯罪者のこどもは、どうせ犯罪を繰り返すんだってね。

俺は六年になってたからさ、もう、じじいなんかより力は強い。ああいいぜ、これから先、犯罪でもなんでもやってやるって言って、じじいの胸倉《むなぐら》つかんで、頭突きを一発。

決まったね。

そしたら、じじいは、起き上がれない。口から泡吹いて、もがいてんの。

もう、快感よ。

追い出されたけどね、じいさんとばあさんの家からは。

B3

愛生園の歓迎会。

ふたりで前に立って挨拶。

「前にいた中学では、人殺しって呼ばれてました。父が犯罪者だからです。本当は、ひとを殺してはいなくて重傷です。たぶん、一生、下半身不随です。鉄パイプで脊髄《せきずい》を損傷させたんで。

でも、相手もヤクザですから」

なんか、シーンとしてしまった。

明るく言ったつもりだったんだけど。

「だから、ここでも、人殺しって呼んでください。ふたりを区別する必要があるときは、ぼくはBって呼ばれてました。人殺しのB。兄は人殺しA」

A4

「君たち、それは、いけない、ちゃんと名前で呼ぼう。愛生園では、ひとりひとり、ちゃんと名前を大切にしてるんだ」

園の先生ったら、あせってんの。

「宮本《みやもと》くんって呼ぼうな、ふたりのことは。それに、下の名前もね。みんなの名前には、いろんな意味があるんだ。お父さんやお母さんが、みんなの成長を願って、すばらしい名前をつけてくれたんだ。それを忘れてはいけない」

で、ゴハンを食べたの、歓迎会の。

そんなに悪くなかったよ、食事は。コンビニで買ってくるメシなんかに比べたらさ。あったかいもん。

B4

みそ汁が、うまかった。歓迎会なのに、みそ汁かって思ったけど。

あまり嬉しそうに、飲んでたのかな。なんか、言ったやつがいた。

顔あげると、向かいにすわっているチビ。最初、何、言ってんのか、わからなかった。

二回目か三回目で、

「おかわりできるよ」

だって、わかった。

「おかわりできるよ、おみそ汁」

「おお、ありがと」

そう言って、取りに行った。自分でジャーみたいなところから、おたまでつげるんだ。

まあ、いいシステムだね。

席にもどると、チビが、じっと見てる。

「おいしいよね、おみそ汁」

そう、言うの。

だから、うなずいた。そこまで、感動するほど、うまいわけでもなかったけど。

A5

「おい、宮本」

いきなりよ。

俺、割り当てられた部屋にはいろうとしてたんだ。

そしたら、廊下の遠くのほうから呼ばれた。

そんなに大きい声じゃないんだけど、重々しい。

近づいてきて、

「いいか、人殺しなんて、つっぱってるんじゃねえぞ」

だって。

たぶん、同じ中学生だと思うんだけど、なんか格があるの。園で番《ばん》はってるやつなのかな。

コェー、コェー。

「おまえな、そんな、人殺しなんて名前で、まわりがビビるとでも思ったのか？」

ドスが効いてた。

じっと、俺の目を見てる。

それを言ったのは、俺じゃありません。

Bです。

「ここにいるやつは、たいがいのやつが、それぞれに、苦しい目にあってきてるんだ。だからな、勝手に、思うんじゃねえよ、自分たちだけが不幸だなんて」

はあ。

B5

兄弟だけれど、部屋は別々になった。

三人部屋が基本みたい。なんか、わかる。二人より、三人。絶対的な対立がおきにくいってことかな。

わざわざ説明してくれた。ふたごを分けたのは、そのほうが早くまわりに溶け込めるからなんだそうだ。べつに、溶け込みたいとは思わないけど。

それで、寝る前に歯をみがいてたら、チビがやってきた。おみそ汁おいしいね、のチビだ。

目の前に立って、顔を下からのぞき込むようにする。ちっちゃいんだよ、こいつ。

「人殺し」

「おお、そうだ」

「ねえ、A？　B？　どっち？」

ぺっ、て吐いた。

口の中の、ハミガキの泡立ってるやつを。

「Bだよ」

「ふーん。ぼくは、ゴウジっていうんだ。牧浦郷治《まきうらごうじ》。わかった？　人殺しB！」

最後のとこは、おっきな声で叫ぶ。

なんなんだよ、このチビ。

A6

浅田《あさだ》っていうんだって。

だれって、さっきの番はってるみたいなやつ。

同じ部屋のやつが教えてくれた。中三で、いちばん年上ってわけじゃないけど、威張ってるみたいよ。愛生園では。

そうか、俺よりひとつ上なだけか。でも、強そうでねえ。

B6

中学は、まあ、どこでも同じようなものだ。小学校もそう。本質的には変わらない。

日本中、どこ行っても、こんなもんなんじゃないかな。そんな、全国を知ってるわけじゃ、まったくないけど。

だけど、この中学が違っているところがあるとすれば、学区のなかに愛生園があるってところだろう。

中学の中で、愛生園グループが、かなりの特別あつかいをされてる。

そんなのわかるよ、転校してみたら、すぐに。雰囲気が、なんかね。

愛生園に住んでるってわかるだけでさ、反応が、一種、独特。

施設ってところにはいったのは初めてだから、不思議な感じだ。自分が、そういう、なにかのひとくくりの一員として見られるのって。

A7

勉強はキライです。

そんなもの、役に立つのかよ。

たぶん、立つんだろうけど、そのうち。

でも、サッカーは好きだから、とりあえずサッカー部にはいることにした。

たいしたレベルじゃないね。前の学校にくらべたら。数段、落ちるな。

秋で、三年はもう引退してるから、一・二年のチームなわけ。で、俺たち、即、レギュラーじゃないかな。

俺のさ、フリーキック、みんなに見せたげたいね。そしたら、即、レギュラー。

そう考えないやつがいるとしたら、どこか、他に目を奪われてたんじゃない？

短ーいスカートの女の子が、グラウンドの横歩いてたとかでさ。

B7

左のサイドバックかな。このチームでやるとしたら。

本来は、ミッドフィルダーの役回りが好きなんだけど。それでね、どっちかっていうと前でプレーするスタイルが気にいってる。

ゴール近くでボールを受けて、ポイントをつくる。くさびになって、左右にパスを振り分けてゴールにつながったりしたら、最高。

でも、このチーム、明らかに左サイドが弱いんだ。だから、幅が、全然、使えないんじゃないかな、本当の試合になったら。

まあ、それくらいは、練習に参加して、しばらくすれば気づく。

A8

「ふたりともサッカー部にはいったんだってな。うまいのか？」

「あ、はい。一応、小学校から、やってたんで」

「ふーん。自信はあるのか」

「あ、はい、一応は」

「じゃあ、今度のな、地区対抗の試合に出てくれよ。愛生園のチームで」

「あ、はい」

なんか、浅田さん、こわーい。

ごくふつうの会話なのにさ、迫力があるじゃない。敬語つかってしまった。

「よろしくな、宮本A」

え、そんな。

なんで、中途半端な呼び方を。

B8

その、サッカーの地区対抗の試合って、わりと大きなイベントみたい。中学のグラウンドで、日曜にする。

サッカー部の連中は、活躍の場だから、楽しみにしてる。そりゃあ、いくら下手《へた》くそなサッカー部員でも、毎日練習してるんだから、しろうとさん相手なら目立てるんだろう。

でも、地区対抗でやるっていうのに、なんで愛生園だけで、ひとつのチームなんだ？　愛生園は、そこにある地域に所属してない。

独立国のあつかいなのだろうか。

まあ、黒人居住区みたいなもんなんだろう。

# A9

愛生園のサッカーチーム、集合。

夕食のあと、食堂に希望者が集まった。こういうことするのにも、園の先生の許可がいるらしい。やっぱ、うっとおしいとこだぜ。

まあ、そのあたりは、浅田さんが仕切ったみたい。

それで、中学生が三分の二ぐらい。あとは小学校の高学年。

あまり強そうじゃないな。このメンバー。

もともと園には、立派なサッカーのチームをつくれるほど、母体となる人数がいないんだろう。だから、女の子までいれて、それで、ようやく数合わせたってとこじゃないの。

「いいか、俺が、今年もキャプテンをする。去年は、４位だった。今年は、愛生園は、優勝ねらうからな」

へー。４位。

すごいじゃない。

B
9

情報収集した。クラスのやつとか、サッカー部の部員に。

一応、やるからには勝つほうが楽しいと思うから。それにね、勝ち続ければたくさん試合ができる。これは、大きいよね。

いつまでも、いつまでも、サッカーしてたいもの。ぶっ倒れるまで。

それで聞いてみると、愛生園の4位は、すごくなかった。

地区対抗っていうのは、全部で8チームなんだって。去年、園は、一回戦で全然やる気のない小学生ばかりの弱いとこと当たって勝った。

そのあとは、準決勝も3位決定戦も、ボロ負け。

そう言えば、ミーティングで浅田さんが、

「いいか、サッカーは、気合だ。当たり負けするなよ。そうすれば、優勝だ」

そんな精神論って、いつの時代の話？

だから、クラスのやつは、そうはっきりとは言わなかったけど、愛生園自体の評価は、相当に低いみたい。

ただし、去年優勝したところは、主力だったサッカー部員が出られない。中三で、模擬試験の日とぶつかったとかで。

そこが、かなり弱体化するはずだから、全体としては混戦らしい。

でもね、そんなこんなで話してるうちに、ひとつ、とても大事なこと、つかめたと思う。

A 10

愛生園には、グラウンドとは呼べないけど、ちょっとぐらいは動けるスペースがある。中庭っていうか、まあ、幼稚園の遊び場の程度かな。

でも、それだけあれば、簡単なボールのあつかいの練習はできる。

テレビでさ、南米だとかなんだとかの、貧乏な少年たちの暮らしとか、よくやってるじゃない。貧しくても彼らは、いつも陽気で元気です、笑顔を絶やしませんって。

俺たちだって、似たようなもんで貧しいんだけど、ひとつも陽気じゃないぜ。だって、俺たちの場合、まわりにいる他のやつらは金持ってるんだもん。

話、もとにもどすけど、その健気《けなげ》な少年たちはさ、どんな狭いとこ、洗濯物を干すロープが隣の建物に渡ってるような、家と家の間の細い道とかでもボール蹴《け》ってる。

やっぱりねえ、あれが大事なんじゃないかな。いつでもボールに触れて、コントロールのやり方をからだに叩《たた》き込む。

それで、浅田さんに言って、メンバー集めてもらったの。

夕食の前の自由時間。まずは、パス回しの練習。

リフティングしたり、ドリブルしたりしながら、相手をよく見て蹴る。基本中の基本。

特に、ふだんからサッカーしてるようなやつじゃなければね、こういうボールに慣れることすると、ぐんぐん上達したりするはず。

という見込みだったんだけど、これがひどい。完全に、最初のミーティングのときの不安が的中してしまった。

まともにボールあつかえるやつって……、ほぼ、ゼロじゃないの。

トラップできないから、跳ね返ってだれかのところにころがっちゃう。これ、試合だったら、絶対、相手ボールになってる展開ね。

かと思うと、パワーのありそうな中三のデブは、とんでもないほうへ蹴ってオーバーフェンス。道路に出てしまった。

そしたら、小さいやつが取りに走ってくれた。

ゴウジっていう。

「ほら、早く、続きしようよ。ね、ね。ぼくのボールからでいいよね」

こいつ、ほとんど、ボールを持ってるやつのまわりを、ぐるぐるしてるだけ。サッカーっていうより、ただ跳ねてるって感じなんだけど、すごく楽しそうにしてる。

南米の少年かよ、おまえ。

そこいくと、美優《みゆ》って呼ばれてる女の子が、結構、センスがある。ちゃんと考えて動いてる感じだしね。

それにね、全然しゃべろうとしないとこなんかが、ちょっとおとなっぽくて、いいのよ。まだ、中一なのになあ。

俺、今まで、年下に興味もったことなかったのに。

なんか、変な気分だな。

B
10

思いついた作戦。さっき、言ってたやつ。

そのために練習を始めた。Aとふたりで。

なるべく他のサッカー部員に見られたりしないように、朝、早く中学に行ったりして。まるで、ドラマに出てくる模範的な中学生みたい。

どっちかっていうと、ふたりとも、愛生園に収容中の「模範囚」なんだろうけど。

A
11

試合の日が来てしまった。

秘密の作戦は、OK。問題ないね。十分、練習できた。

愛生園チームのほうは……、まあ、少しは格好がつくようにはなったのかな。俺、全然、自信ない。

午前中に一回戦と準決勝。午後になって、3位決定戦のあとに決勝。仕組みだけは、なかなか本格的じゃないの。

それで、最初の試合の前、円陣を組んだ。

「いいか、サッカーは、気合だ。気合さえいれれば、絶対、勝つ」

浅田さん、模擬試験、受けにいっていいですよ。

B
11

見たところ、確かにね、そうたいしたチームはないのかも。

サッカー部のやつが何人かいるとこは、やっぱり、要注意。そんなにうまくなくたって、ともかく慣れてるから。

今日が模擬テストの日に当たってたっていうのが、本当にラッキーみたい。中三がごっそりといいなくなってて。

うちの浅田さんは寿司屋の就職が決まってるから、参加してるけど。

ディフェンスのかなめのセンターバックは、その浅田さん。ツートップのフォワードに、Aと中三のデブ。このふたりをうまく使えるかどうか。

ミッドフィルダーの力量が問われそう。

A12

それでね、一回戦は、まあ、楽勝。俺とBのふたりだけで、二対十一でプレーしても勝てたかもね。

準決勝は、手こずった。相手のディフェンスが結構よくて、前半０－０。

ハーフタイムにBと相談した。

このまま点が取れないで時間がたつとやばい。ここで秘密兵器を出そう。

本当は、最後の最後まで隠しておいて、決勝で使うつもりだったんだけど。

後半がはじまって、三分ぐらいかな。うまく相手のゴール前近くで、愛生園ボールのスローインになった。

アイコンタクトは、ばっちり。作戦実行。

Bが背筋をそらし、ゴールに向かって大きく投げる。

俺は、それをめがけてかけ込んだ。低い弾道の速いボール。ヘッドは、合わせるだけでいい。

先制点だ。

B
12

まあ、たいした作戦じゃないけど、うまく決まった。

地区対抗がはじまる前に情報収集してて、横幅がせまい変形のコートだってわかった。グラウンドに二面とるためには、どうしてもそうなるから。

となれば、ロングスローを投げられるだけの力があれば、スローインで、クロスをあげたのと同じ形がつくれる。

終了まぎわに、もう一回、チャレンジ。

Aの頭に吸い込まれるようなボールを投げ入れた。

2－0。

決勝、進出。

A
13

もう、昼休みは、愛生園のスーパールーキーのうわさでもちきりだろうね。作戦はばっちり決まるし、これで、優勝は間違いなし。

気分がいいね。

B
13

昼になって、雨が強く降り出した。

朝から、ぽつりぽつりとはしてたんだけど。3位決定戦が終わったときには、グラウンドに水たまりができていた。

それでもね、決勝の前には、うまい具合に雨はあがったみたいで。

さあ、やるぞ。いよいよ、ファイナルって思ってるうちに、点を取られてしまった。キックオフの直後。

ドリブルで駆け上がって、ひとりでゴールまで持っていって、ディフェンダーをかわす。だれか知らないけど、かなりうまい。

特に、無駄に強く蹴ったりしないで、キーパーの動きをよく見て、左隅に軽く流し込んだところなんか。

やるなあ。敵の11番。サッカー部でもないのに、こんなやつがいたのか。

A14

なに、やってんのよ。うちのディフェンダーたちは。

そんな簡単に抜かれて。

浅田さんたら、最後のとりでなのに、棒みたいに突っ立ってるだけじゃないですか。サッカーは気合でしょ。

しっかりしてくださいよ。

B14

防戦一方になってしまった。

フォワードだなんていってられなくて、Aも帰ってきて全員防御。

こうなったら、イタリアン・サッカー。守備を徹底して、カウンターアタックに勝機を見出《みいだ》す。

でもね、うちのディフェンスは、カテナチオ《錠前》なんてレベルじゃない。目の前に来たボールをはじき返してるだけだ。あの、ピンボールのフリッパーみたいに。

A15

いやあ、まいったな。

泥だらけのグラウンドで、こんな守備ばっかさせられるとは。

後半になっても、1－0で負けたまま。

向こうも雑な攻めになって、ばんばん蹴ってくる。こういうときにこそ、チャンスが巡ってくるはずなんだけど。

B
15

ゴウジが鼻血を出した。

だれかとぶつかったんだろう。交代させようと思ったら、

「いやだ。ぼく、だいじょうぶだよ。ね、ね。こんなの平気だよ。出てたい。サッカーしてたい」

って。

無理だな。その鼻じゃ。血が止まらないようだ。

交代要員をどうしようかって考えてたら、

「したいようにさせてやれよ。ゴウジがやれるって言うんだから」

浅田さん、ゴウジの肩を持つ。

しょうがないなあ。鼻の穴に綿つめたやつがやるスポーツじゃないんだけど。酸素を多く取り入れるために、鼻腔《びこう》をひろげるテープだってあるぐらいなんだから。

まあ、ゴウジの場合、酸素のあるなしは関係ないか。というか、そう言ってしまえば、そもそも、ゴウジのいるいないも、あんまり関係ないんだし。

A
16

中三のデブ（あの、オーバーフェンスの）が、大きく蹴り返したの。さすが、パワーだけはあるね。

グラウンドをボールがてんてんと。敵も味方も、なかなか追いつけない。

Bが全力で走ってたから、プレッシャーがかけられたのかな。それよりも、久しぶりの仕事であわてたんじゃないかな。

ともかく、相手のディフェンダーが、クリアミスをしてくれた。

ボールは、敵陣の奥深くで、タッチラインを割った。

願ってもない、同点のチャンスだ。

Bがボールを手にする。この位置だったら、コーナーキックみたいなスローインになる。

俺、ゴールとの距離を測った。飛び込むのに、いちばんいい位置で待たないと。

B
16

ロングスローは、得意だ。

この変形コートなら、ファーサイドまで届く。もちろん、滞空時間を考えると、ニアーのほうが安全だとは思うけど。

でも、Aのポジションは、ファーを要求している。相手のディフェンスが結構いいからだろう。その裏をつけってことか。

ステップし、大きく振りかぶった。

いったん、Aがニアーの方向へ斜めに下がるのが見える。ディフェンダーをひきつれている。

よし。両手でしっかりとボールの感触を確かめる。

でも、Aの動き出しが、ちょっと、早い。あせっているのかな。

ここで、Aのヘッドがくるはずのあたりをめがけて……

ころんでしまった。

足もとがぐじゃぐじゃだったんで、滑って踏ん張れなかった。

ファウルスローをとられた。相手ボールのスローインに代わる。

情けない。

A17

美優が倒された。水たまりの中にころがされた。

起きあがったけど、動けないみたい。水たまりにすわっている。

やったのは、11番の、さっき得点したやつだ。そりゃ、あのくらいは、ふつう、ルールでは許される。

サッカーは、からだの接触は当然だし、レフェリーから見えさえしなければ、まあ、実際のところ、何をしてもいいスポーツだ。

でも、相手は、女の子だぜ。

それに、てめえらはリードしてるんだろうが。からだで強くいくような、そんなラフ・プレーをする状況じゃなかった。

11番たら、それで、仲間のほう向いて、へらへらしてるじゃないの。完全に、遊びで、ぶつかりにいったね、あれは。ただ、ふざけて、やったんだ。

むかつく。こういうやつ。

俺は、思った。必ず、仕返ししてやる。こうなったら、決勝戦だけど、勝ち負けなんかどうでもいい。

俺、グラウンドに唾《つば》、吐いたの。

俺たちは、便所のクソだからね。だったら、クソのやり方で、思い知らせてやる。

そしたら、後ろから腕をつかまれた。何するんだよ、うっとおしいぜ、試合中に。

「いいか、俺がやる」

耳もとでささやかれた。

あ、浅田さんじゃないですか。いつのまに。

美優は、レフェリーが駆け寄って、うながされて立ち上がった。

でも、空を見上げているの。園のやつが話しかけても、ぼーっとしてる。

なんか、変な感じだ。

目が焦点を結んでないみたいで、美優のこと、前に中一なのにおとなっぽいって言ったけど、いまはそれどころじゃない。すごみのある、完全におとなの女の顔だ。

横に並んで、その、美優のほうを見ながら、浅田さんが言った。

「あいつは、暴力が怖いんだ。美優は、親父に殴られて育った。園に来てしばらくは、男と口がきけなかったくらい」

浅田さん、腕、組んで、そんなこと言う。

「いま、思い出してるんじゃないか？　親父にやられたときのこと」

試合再開の笛。

「いいな、宮本A。キャプテンは俺だ。俺が、きっちり、美優のぶんは返す。おまえは、手を出すな。チームとしては、おまえがファウルとられると困る」

B
17

どこにでも、いるんだな。こういうのが。

敵の応援のやつらだと思うんだけど、

「おーい、ブラ透けてるぞ」

って。

それまでだって、雨はときどきポツポツしてたんだけど、美優は水たまりの中に、もろにころがされたじゃない。

ユニフォームなんて、もちろんないから、Tシャツにビブスかぶっただけ。そのシャツが濡れて透けて、横から、まあ、まる見えなわけ。

「いやあ、ブラジャー。安物じゃない？　あの子のブラ」

次に叫んだのは、女だ。

それで、敵のチームのやつらが笑った。

「愛生園の、安物ブラジャー」

言ったのは、だれだ？

顔、見まわした。みんな、にやにやしてる。

下向くと、地面は、雨で泥をねったみたいになっていた。

「バーゲンの、安物ブラの、愛生園」

手をたたいて歌うやつがいる。

これ以上、聞いてたくなかった。

と、なればね。

試合再開して、こっちのボールがとられて、うまい具合に11番がドリブルで突っ込んできた。足もとのボールを奪いにいくふりして、スライディングタックル。実際は、直接、足へいった。スピードがのってたから、ひっかかって11番は吹っ飛んだ。

やっぱ、このくらいはしておかないと。

起き上がると、長い笛。

11番は、顔を両手でおさえて、地面をのたうちまわっていた。

え？

A18

浅田さん、そりゃないですよ。倒れたやつの顔を蹴り上げたらいけない。

だって、全然、ボールのないとこで、ひと蹴ってるだけじゃないですか。それって、絶対、サッカーに見えない。

Bがうまく倒したと思ったら、そのあとに連続攻撃なんてねえ。

俺なら、もっと、目立たないようにやりますよ。

「汚ねえぞ、愛生園」

「フェアプレーでいけよ」

ほら、Bと浅田さんのせいで、チーム全体が、反感、買っちゃったじゃないですか。

本来、俺は、みんなから愛されるプレーヤーのはずなのに。

B
18

レッドカードの一発退場で、人数がひとり減った。草サッカーだから、それくらいはいいんだけど、一応、浅田さんはセンターバックだし。

でもね、相手には、逆にかなり効いたみたい。

急に動きが止まったもの。まあ、11番の顔を間近で見たら、接触プレーは避けようって思うだろうな。

時間は、残り少ない。このままボール回してたら、1－0で勝つって計算にはいっている。だとしたら、こっちは、積極的にいくだけだ。

A19

相手のボール、奪ったの。ゴールラインのぎりぎりのところで。
そのままクリアーにいくのももったいないんで、フェイントかけてドリブル。
スペースに出られたから、よく見て逆サイドに蹴り出した。
Bが走ってる。追いつくかな。

B19

Aらしいパスだ。
それは、不親切っていうこと。もう少し、楽にやらせてほしいな。
なにも、ワールドカップで、ぎりぎりの戦いしてる日本代表じゃないんだから。
それでも、なんとかボールを押さえた。

「人殺し、シュート、シュート、人殺し」

ゴウジが後ろで叫んだ。

ここから打ってはいったなら、たいしたミドルシュートだ。でも、もうちょっと大事にいきたい。

「人殺し、人殺し、シュートだ」

ゴウジのおかげなんじゃないかな。

相手のディフェンダー、「人殺し」って聞いて、腰引けてる。ま、11番の足を刈って倒したプレーのせいもあるだろうけど。

その横を、ドリブルで抜いた。

ゴール前。残っているのは、センターバックとキーパーだけだ。そのセンターバックに向かって、正面から、十分に突っ込む。

いま、右後方に、Aが走り込んできているだろう。

もう少し、だ。ためをつくらないと。

パス。

左へ流した。

だって、そこは、だれも守っていない。スペースが、ひろびろ。

「シュートだ、ゴウジ」

A
20

まいったな。Bのやつ。

当然、俺にアシストするんだと思ったのに。

そりゃね、キーパーもセンターバックも、俺のほうしか見てなかった。左はガラ空きで、だれが打ったってはいる。

でも、ゴウジだぜ。

だれが打ってもはいるイージー・シュートの、例外かもしれないじゃない。

ボールを目の前にころがされたゴウジは、懸命にボールに追いついた。そして、シュート、というか、ボールと一緒にゴールにころがり込んだ。

鼻に綿をつめたチビが。

どっちかっていうと、ラグビーのトライに近かったけど。

B
20

ＰＫ戦のキーパーは、Ａがした。

決勝では見せ場がなかったんで、やりたかったんだろうね。

あっさり、愛生園の優勝。

A
21

園に帰ったら、祝勝会するから集まれって。

で、食堂行ってみると、また、みそ汁だぜ。

ふつうの夕食、そう呼んでみただけじゃないの。

それでも、みんな、楽しそうではある。

退場になった浅田さんは、園の先生に厳しく注意されたみたい。だけど、もちろん、そんなことは気にしてない。

機嫌よくしてて、それって、もしかしたら、隣にすわってる美優のせいなのか？

前は男とは話せなかったとか言ってたけど、浅田さんと仲いいじゃないですか。

ずるいなあ。

まあ、こうやってたらそのうち、俺たちも、少しは愛生園に慣れていくってことなのかな。

そんなに、思ってたほど悪くないところなのかもね。

少なくとも、親と一緒に住むとか、じいさんばあさんの家にいるよりはましだ。

「人殺しA。ぼくがMVPだよね。ね、ね。同点のゴール、ぼくが入れたんだもの」

ゴウジが、はしゃいでいる。

ああ、いいよ、認めるよ。おまえが、いちばん偉《えら》かった。

でも、サッカーでは、MVPじゃなくて、マン・オブ・ザ・マッチっていうんだよ。

「ぼくね、サッカーで点入れたのってね、はじめて。シュート練習のときも、はいらなかった。

生まれてはじめて、シュートが決まったんだよ」

ほら、だから言っただろ。

イージー・シュートの例外になるところだったじゃないの。

B21

夕食のあと、園の中庭で、Aとボールを蹴った。消灯の点呼の時間まで。

ふたりとも、特に、しゃべらなかった。

生きてることへの疑問は、なにひとつ解決していない。いままではともかくとしても、はたして、これからどうなっていくのか。

結論なんてものは、なにも出ない、まだ。あるいは、いつになったって。

でも、サッカーしてたいよね。ぶっ倒れるまで。

# 風を運ぶ人

川西蘭

川西 蘭
(かわにし・らん)

広島県生まれ。早稲田大学政治経済学部卒業。大学在学中に『春一番が吹くまで』を発表し鮮烈にデビュー。以後、映画化された『パイレーツによろしく』(集英社文庫/河出書房新社)など、話題作を次々と発表。自転車ロードレースに青春を賭ける少年たちを瑞々しく描いて話題の『セカンドウィンド』シリーズ(ピュアフル文庫)をはじめ、『夏の少年』(河出書房新社)、『ひかる汗』(集英社文庫)、『コーンクリームスープ』(ピュアフル文庫/マガジンハウス)など著書多数。共著に『14歳の本棚―部活学園編』(北上次郎編/新潮文庫)、『青春スポーツ小説アンソロジー　Over the Wind』(ジャイブ)などがある。

1

大通りを下り、緩やかなコーナーを抜けて、海岸通りに入った瞬間、すっと自転車が宙に浮いた。

ハンドルをぎゅっと握り締め、上体を低くして、息を止めた。

風だ。

海からの横風をまともに喰《く》らったのだ。コーナーにオーバースピードぎみで入り、風を気にする余裕がなかった。

路面をセンターラインの方に滑っていく。なすすべはない。対向車が来ないことを願うばかりだ。

ダメだ、止まらない。諦めかけたとたん、風が弱まり、タイアのグリップが回復した。

ぐっと足を踏ん張って、体ごと自転車を横風にぶつける。タイアのゴムが路面に食いつく感触がハンドルから伝わってくる。傾いていた自転車は俊敏に反応し、独楽《こま》のように起き上がった。見えない糸で引き起こされたみたいだ。ペダルを漕《こ》いで加速する。自転車はすぐにバランスを取り戻し、安定した。

口をすぼめて息を吐き出した。危なかった。

ひゅん、と鞭《むち》が鳴るような音がして、かすかな風とともにオレンジの影が通りすぎた。

「先輩、お先です」

声を聞いた時には、南雲真一《なぐもしんいち》の背中は五メートル先にあった。

オレンジ色のジャージに「nagumo sport Jr. club」のロゴ、筋肉の薄い背中は華奢《きゃしゃ》で頼りない感じがする。けれど、彼の肩甲骨の下のあたりには透明な翼が生えているのだ。

南雲はその翼を使って羽ばたく。まだ中学三年生で二学年も下なのに力の差はすでに歴然としている。翼を持つ者と持たない者の差だ。その差は決して埋まらない。

サドルから尻を上げ、南雲は海からの強い横風を気にする様子もなく、軽やかなペダリングで自転車のスピードを上げていく。透明な翼の羽ばたきが聞こえてくるようだ。

負けるものか。反射的に追いかけようとした。けれど、熱い衝動は一瞬で消えてしまった。追うだけ無駄だ。

霜嶺陸《しもみねりく》はサドルに腰を戻し、視線を路面に向けて深呼吸をした。

どうせ、追いつけはしない。危険を冒して無駄なことをするのは愚の骨頂だ。翼がないのであれば、せめて賢明であるべきだ。

陸は海に目をやった。

風に煽《あお》られ、波が高い。ウィンドサーフィンの帆がいくつか見え隠れしている。水平線には鉛色の雲が垂れ込め、空と海が灰色に溶け合っている。七月も終わりに近づいているのに、梅雨《つゆ》はまだ明けていない。湿気を含んだ南風は生暖かく、肌にまとわりつく。からりと晴れ上がった夏空を見られるのは、当分先になりそうだ。

巡航速度に切り替えて、陸は海岸通りをバスターミナルまで走った。そこが折り返し地点だ。バス待ちの客たちは好奇の視線をこちらに向けている。無理もない。専用のヘルメットをつけ、チーム名のロゴが入った派手なジャージを着た自転車ロードレーサーを見る機会はそう多くはない。しかも、走っているのは中学生と高校生だ。総勢三十人ほど。全員が南雲デンキ自転車部ジュニアクラブのメンバーだ。

南雲デンキ自転車部ジュニアクラブは、南雲デンキグループの中核、南雲デンキが創設した実業団チーム南雲デンキ自転車部の下部組織で、中学生と高校生がメンバーになっている。小学生が練習に参加することもあるが、有望な選手に限られる。全国的にも強豪クラブとして知られ、大きな大会で好成績を残している。クラブに入会する際には厳しい選抜があり、クラブに入ってからもレギュラーメンバーになるには激しい競争がある。

陸は中学一年になると同時にジュニアクラブに入会し、高校一年からレギュラー選手になっている。自分でもそこそこ走れるとは思う。たぶん、アマチュアレーサーとしては同世代のトップクラスには入るだろう。でも、そこからは抜け出せない。見えない天井があるのだ。トップ集団を抜けて、見えない天井を突き破り、頂点まで達するのは翼を持つ者だけだ。

ジュニアクラブに入って、陸は初めて翼を持つ者の存在を知った。

それまでは幸福だった、と思う。努力すれば、壁を越えることができると無邪気に信じていられたから。

今は違う。翼の羽ばたきを耳にして、翼の巻き起こす風を受けると、努力の空《むな》しさが胸に残る。どんな努力をしても翼を持つ者に追いつくことはできない。

大型バスを横目で見ながら通りすぎ、停留所の前で自転車を深く倒して急旋回を決めた。バス待ちのギャラリーから小さな歓声が上がる。ちょっとした余興のつもりだった。ロードレーサーの走りは単調で、よほど見慣れている人でなければ、すぐに飽きてしまうだろうから。

ギャラリーに軽く会釈をして、海岸通りを引き返そうとした時、視界の端で銀色の光がきらめいた。陸はペダルを踏む足の力を緩め、光の方に視線を向けた。

停留所のベンチに銀髪の少女がいた。ジーンズをはいた細く長い脚を投げ出すようにしてアイスキャンディーを舐《な》めている。Tシャツの胸には女性ロック歌手の顔写真のモノクロプリント。銀髪は狼《おおかみ》のたてがみを思わせるスタイルにセットされ、耳にはヘッドフォン、痩《や》せた肩が音楽に合わせるように小刻みに動いていた。顔はよく見えない。

視線を正面に戻し、ペダルを踏んで加速する。

横風が斜めからの向かい風に変わっていた。風の抵抗は強い。強風を正面から受けると、まったく前に進まない気分になる。陸は深く息を吸い込み、足の回転を速めた。胸にひっかかりがある。宙づりにされたような不安定な気分。忘れ物をしているのに、それがなにかわからない、そんなじれったい気分。

走りに集中しろ。

気の抜けた走りを後半も続けるのは嫌だった。ペダルを回し、風を受けていると、体の奥から力が湧《わ》いてくる。なにも考えずに走る。それが陸にとっての幸福だった。

2

だらだらと続く坂を中間まで上がると、自宅の屋根が見えてくる。

築五年、二階建て４ＬＤＫ。勤務医の父親が二十五年ローンを組んで建てた家だ。陸が小学生の頃はニュータウンの中心部にある公団の集合住宅で生活していた。南雲学院中等部に入学し、一家はここに引っ越してきた。通学時間は自転車で約二十分、父親は通勤時間が三十分ほど長くなったけれど、もともと泊まり込みが多いので気にしている様子はない。

陸はサドルから腰を上げ、立ち漕ぎを始めた。

自転車はフラットバーの軽量スポーツタイプだ。ロードレース用の自転車は高性能だけれど、扱いが難しい。日常の足に使うには不便だ。

さて、どうしよう?

ペダルを漕ぎながら陸は思った。ロッカールームを出たところでコーチの黒岩《くろいわ》に呼び止められ、コーチ室で話を聞いてから、もう何十回も自分に問い掛けている。

コーチに呼び止められた時、気の抜けた走りを叱責《しっせき》されるのではないか、と警戒した。黒岩コーチはどんな手抜きも見逃さない。叱責して直らなければ、容赦なく切り捨てる。厳しく、冷酷だ。

「キャプテンをやってくれないか?」

コーチ室に陸を招き入れると、黒岩コーチは単刀直入に言った。

陸は反射的に黒岩から目をそらして窓の外を見た。叱責でなくてよかった、とぼんやりと思った。そして、頭が空っぽになった。空は鉛色の雲に覆われている。鉛色の濃淡は墨絵を思わせる。夕暮れが近づいているせいか、かすかに朱がにじんでいるようだった。

「陸、聞こえているか？」

「無理です」

鉛色の空に向かって言った。

「無理ならば、頼まない」黒岩は静かに言った。口元に柔らかな微笑が浮かんでいた。「陸、次のキャプテンは君だ。引き受けてくれ」

でも、と言いかけて、陸は口を閉じた。断る理由を挙げるのは簡単だ。向いていない、自信がない、他に適当な人がいる。けれど、口にするのは、ためらいがあった。キャプテンをやりたくないわけではない。そんなふうに思うのは、自分でも意外だった。

「考えさせてください」

わかった、と黒岩はうなずいた。満足そうだった。

「知っての通り、夏休み明けには新チームに切り替わる。返事は早い方がありがたいが、時間はまだある」

夏休みが終わるまで考えるつもりはなかった。一礼してコーチ室を出ようとした。

「今日の走りは感心しないな」

背後から黒岩コーチが声をかけた。

陸はゆっくりと振り返った。心臓がどきどきする。黒岩はまっすぐに陸を見ていた。サングラスの黒いレンズの向こうで黒岩の目が光っているようだ。

「スタートから海岸通りの手前まではよく走っていた。が、海岸通りに入ったとたんに気が抜けた。折り返してからは持ち直したが、最後まで走りに魂がこもっていなかった」

見透かされている。さすがに南雲デンキ自転車部の育成コーチだ。陸は軽く唇をかんだ。

「……風が気になって、集中が乱れました」

「それが最大の課題だ」黒岩はぴんと伸ばした人指し指を陸の鼻に向けた。「集中の持続。散漫になるのが陸の欠点だ。周囲に気を配るのはいい。神経が濃《こま》やかなのもいい。けれど、集中を失ってはなんにもならない」

「わかっています」

「わかっているだろう、君は聡明《そうめい》だから。だが、わかった上で実践もして欲しい。集中を持続する力がつけば、走りのレベルが上がる。それに、公道を走っているんだから、集中していなければ危険だ。一瞬の気の緩みが重大な事故を招く」

「改めます」陸は息を吐いた。「努力します」

「期待している」黒岩は微笑して言った。「キャプテンになれば、チーム全体への影響も大きいのだから」

陸はもう一度礼をしてコーチ室を出た。

どうしよう?

そう思うのは迷いからではない。戸惑いからだ。キャプテンは憧《あこが》れの存在だ。歴代のキャプテンは、まさにリーダーだった。チームをまとめ、レースではエース級の活躍をする。人格者で実力者だ。メンバーからは尊敬され、厚い信頼を寄せられる。

自分につとまるだろうか?

自信はない。引き受けたい気持ちはある。南雲デンキ自転車部ジュニアクラブのキャプテン、と言えば、自転車関係者の間ではちょっとしたＶＩＰ扱いだ。でも、そんなうわついた理由で引き受けて、無能さを曝《さら》け出して破綻《はたん》するよりは、自重して引き受けない方がチームのためになるのではないか。でも……。

ふう、と大きく息を吐き出して、陸は自宅に目をやった。また堂々巡《どうどうめぐ》りだ。

二階の窓から明かりが漏れている。陸の部屋の隣、普段は使わない部屋だ。

父親が帰宅したのだろうか?

そんなはずはない。今頃は数人の同僚とともに医療設備の整ったワゴンバスに乗って山奥の無医地区を巡回しているはずだ。出発して一週間、あと三週間は帰ってこない。

母親が片付けでもしているのかもしれない。

陸はサドルに腰を下ろした。ギアを軽くして、ゆっくりと坂を上る。もう少し家に着くまでの時間を引き延ばして考えたかった。母親にキャプテンの話をするのは、心が決まってからでいい。


「お帰りなさい」

抱きつかんばかりに玄関に出てきたのは、秋谷《あきたに》のおばさんだった。派手な若作り。母親と同い年だとは思えない。強烈な化粧と香水の匂いの襲撃に思わず陸は顔を背けた。

「お久しぶりです」

無作法を気づかれないように深いお辞儀をした。

玄関には見慣れない女ものの靴が二足並んでいた。一足は茶色のハイヒール、もう一足はぺったんこのサンダルだった。

「お久しぶり。元気そうね。また背が伸びたんじゃない？」

小柄な秋谷のおばさんは、ひょいと爪先《つまさき》立つようにして、腕や背中に触れる。べたべたとまとわりつくのは、おばさんの昔からの特技だ。放っておけば、頭を撫《な》でられ、髪の毛をくしゃくしゃにされる。犬でも扱うみたいに。

「おばさんは相変わらずですね」

さりげなく腕を振りほどいて陸は言った。

「変わらないのよ」なぜか、嬉《うれ》しそうに言った。「香織《かおり》と姉妹によく間違われるの。十六歳の娘と姉妹だなんて、ねぇ」

どう返答すればいいのか、わからない。まさか、それはお世辞ですとは言えないだろう。

「お帰り」

台所から母親が顔をのぞかせた。エプロンをつけて、右手には菜箸《さいばし》を持ち、左手には鍋つかみをつけている。揚げ物の真っ最中の様子だ。秋谷のおばさんの来訪を半ば歓迎し、半ば迷惑に思っているのが表情に出ていた。秋谷のおばさんは母親のいとこで、子どもの頃から姉妹のようなつきあいをしている。公団の集合住宅の頃は同じ棟に住んでいたこともあって家族同然のつきあいだった。引っ越してからもちょくちょく家にやってくる。大抵はトラブルを携えて。

「二階に誰かいる?」

「香織よ」

母親の代わりに秋谷のおばさんが答えた。

香織がいる。胸がずきんと痛んだ。急にのどが渇く。香織とは二年近く会っていなかった。正確に言えば、会うのを避けていた。顔を合わせれば、たぶん、お互いに気まずい思いをするだろうから。最後に会ったのは、陸が中三、香織が中二の冬だ。香織は手作りのチョコレートと手編みのマフラーをプレゼントしてくれた。陸は添えられていた告白の手紙を読んで、今はつきあう時期ではない、香織はこれから受験で大変なのだから、と返事を書いた。香織からはその後電話が一度かかってきただけで、それ以来、会ってもいないし、話もしていない。最後の電話で陸が聞いたのは、涙声の「さよなら」だけだった。

陸にとって香織は妹のような存在だった。幼い頃から（物心ついた時から）ずっとその関係でやってきた。今更、つきあおうと言われても応対に困る。もちろん、香織が嫌いなわけではない。好意はあるし、もしかすると、好意以上の思いもあるかもしれない。でも、香織と新しい関係を結び直す勇気がその時にはなかった。迷いに迷って書いた返信は、結局、香織を傷つけることになった。陸は後悔した。そんなつもりではなかったと弁明したかった。けれど、なにもできないまま、時間だけが流れていった。

香織の噂《うわさ》を母親から聞いたのは、今年の春だ。

香織は第一志望の高校に合格しながら、入学式の直前になって入学を辞退した。理由は不明だ。おしゃべりな秋谷のおばさんも香織の入学辞退については口が重いらしい。現在は学校にもいかず仕事もせず、ぶらぶらしている、と聞いて、陸は胸の奥に痛みを感じた。その責任は自分にもある気がした。香織へのフォローをしないままにすごしてきたことを改めて後悔した。

「空いている部屋を借りることになったから」

どういうこと？　目で母親に問いかけた。

「詳しいことはあとで話すから」

油でも跳ねたのか、母親はあわてて台所に引っ込んでいった。

「家出してきたの」秋谷のおばさんはさらりと言った。「一週間ほど泊めてもらうだけだから。迷惑かもしれないけど」

まばたきをして上目遣いに見る。まつげが長く、黒い瞳《ひとみ》が潤んでいる。容貌《ようぼう》には絶大の自信を持っているおばさんならではの媚《こび》の売り方だ。

迷惑だなんてとんでもない。そう答えれば、おばさんは満足するのだろう。けれど、そんなことを言うつもりは陸にはなかった。迷惑だ。おばさんだけなら別にどうでもいい。香織が一緒なのが問題だ。

「香織と仲良くしてやって。あの子も寂しいのよ。いろいろあって」

「いろいろ?」

「留学するの。お菓子作りの勉強に、パリに。でも、私たち、私とうちの人ね、が離婚しそうだから、あの子も心配でしょ?　陸ちゃんにこんな話を聞かせたくないんだけど、うちの人、女好きで、家を空けることが多くて……。苦労が絶えないのよ、私。稼ぎはいいけれど、お金だけが幸福ではないでしょ?　それでね、私……」

失礼します、と言い残して、陸は階段を駆け上がった。秋谷のおばさんの長話はとめどなく続く。聞き手の迷惑など考えもしない。

パリに留学か。いいかもしれない。けれど、お菓子作りと香織とがうまく結びつかない。たしかに子どもの頃からお菓子は作っていた。でも、柔らかすぎるクッキーだったり、不格好なチョコレートだったり、板状に戻りかけたロールケーキだったりで、出来の良い手作りお菓子をもらった記憶はなかった。味は悪くはないけれど、見栄えは最悪。それが香織の手作り菓子だ。もともと香織は不器用なのだ。最後にもらったマフラーも編み目が不ぞろいで、両端の幅が三センチ近く異なっていた。

そんな香織が菓子作りの職人だって？

「お帰り」

腕組みをした銀髪の少女が部屋の前に立っていた。

やはり、バスターミナルにいたのは香織だったのだ。

「久しぶりね。元気？」

「ああ、元気だ」

視線を合わせられない。気恥ずかしさとうしろめたさ、懐かしさ、甘さと苦さが複雑に混ざり合った感情が胸の中で渦を巻いている。

「少しの間、居候するね。よろしく」

ああ、とうなずいて、やっと陸は香織を見た。

最後に会った時よりも痩せている。体全体が一回り小さくなり、それに応じて生気が抜けたみたいだ。肌は青白く透明感があり、体の向こう側の壁が透けて見えそうな感じだ。眉《まゆ》は細く整えられ、目の周囲には黒ずんだメイクが施されていた。

「留学するのか?」

「その予定」

「どうして、高校にいかなかった?」

「別に」天井を見上げる。あごからのどにかけてのラインが優美だ。「いきたくなくなっただけ」

「楽しみにしていたじゃないか。憧れの制服を着るとか言って」

「くだらない」鼻で笑った。「私がどうしようと陸には関係ない。説教でもするつもり?」

そんなつもりはない。心配なだけだ。

思ったけれど、口には出せなかった。一年半前の手紙で関係は断絶したのだ。香織は妹のような存在でもなくなった。

香織はジーンズのポケットからくしゃくしゃになった煙草《たばこ》のパックを取り出した。「吸う?」

「吸うなら外に出ろ。この家はベランダを含めて禁煙だ」

「不便だな」

「誰も困らない。煙草を吸わないから」

「真面目《まじめ》な一家なんだね」

ふう、と大きな息をついた。かすかに漂ってきたのは、煙草の臭いではなく、ペパーミントの香りだった。たぶん、彼女はガムをかんでいたのだろう。

陸が部屋に入ろうとしても香織は動かなかった。

「なんだ?」

「お金、貸してくれない?」

「二度とそんなことを言うな」

陸はドアノブに手をかけた。香織は少し脇《わき》に寄ったけれど、まだドアの前にいた。

「気がたっているのは、自転車のせい?」

「疲れて、腹が減っている。それだけだ」

「見たよ、バスターミナルで」

「気づかなかったな」

「私はすぐにわかった」横目で陸を見て香織は言った。「へらへらしてたね」

「おれが?」

「照れ隠しのつもりだろうけど、みっともないよ。陸の悪い癖だ」

陸は唇をかんだ。耳の先が熱くなる。香織が見たのは格好をつけた旋回だけだ。南雲に抜かれたところは知らないはずだ。けれど、彼女は気づいていた。照れ隠し。

「負けるのが嫌ならやめればいいのに」

「負けるのが嫌だから、香織は高校にいかないのか？」

言ってから後悔した。一度口に出した言葉は消せない。

香織は天井を見上げ、軽くため息をついて、視線を陸に向けた。

怒ってはいなかった。ただ、哀《かな》しそうな目をしていた。

「そう。負けるのが嫌だから、日本を逃げ出すの」

香織は陸の横を抜けて、階段を下りていった。

呼び止めることもできなかった。

しばらくの間、陸はドアの前に立ち尽くしていた。

自分の愚かさに呆れ果て、指一本すら動かす力が湧いてこなかった。

# 3

ジュニアクラブの練習は午前中だけだった。

夏合宿の前には練習が軽くなる。疲れをためないためだ。

終了時間に合わせて、母親が買い物がてら車で迎えに来てくれた。

ショッピングセンターの巨大な駐車場に停めた車の中で母親は話を切り出した。

「秋谷のおばさんのことだけれど……」

母親の話をまとめるとこうだ。

秋谷夫妻は現在、離婚の危機にある。香織の父親は半年前に家を出て、完全に別居状態になっている。秋谷のおばさんは離婚を望んでいない。しかし、先週、夫の代理人がやってきて、離婚の具体的な交渉を始めたいと告げたそうだ。どうも秋谷のおじさんと愛人の間に子どもができたらしい。

「で、パニックになって、なんにも手につかないし、香織ちゃんの世話もできないから、家《うち》に来たわけ。お父さんも長期出張中だし」

家《うち》に来れば、なんとかなる。母親がなんとかするのだ。以前にも何度かそんなことがあった。秋谷夫妻が離婚の危機を迎えるのは、今度が初めてではない。

「でも、今回は香織ちゃんのこともあるから」

「本当に留学するの？」

「そうみたい。秋にはパリにいくという話だから」

「留学したいから、高校にいかなかったわけ？」

さあ、と母親は首をひねって見せた。

「留学の話は、今回初めて聞いたから。それまでは、なにかトラブルがあったみたいな話だったけど……」

「離婚のことで？」

「まさか。香織ちゃん自身の問題で。でも、詳しいことはわからない」

母親は声のトーンを抑えている。けれど、わくわくしているのが声からもわかった。秋谷のおばさんといとこだけあって、母親も親族のスキャンダルや噂話が嫌いではない。普段は抑制しているけれど、秋谷のおばさんに触発されると、タガが外れてしまう。

「全然、知らないの？」

挑発すると、母親は乗ってきた。

「全然、知らないわけではないの。これはあくまで噂話なんだけれど……」

母親は話し始めた。

車の中で陸は窓ガラス越しに鉛色の雲で覆われた空を見ながら、母親の話を集中して聞いた。

話し終わると、母親は大きな深呼吸をひとつして、満足そうに笑みを浮かべた。胸の中にあるものを吐き出してすっきりしたようだ。重い内容の話もそれで軽くなる感じがした。

「だから、あなたも香織ちゃんには優しくしてあげて。彼女があんなことをしたのも寂しかったからでしょうから」

寂しかったから？　もし本当にそれが理由なら、自分にはなんともできない。そう母親に言ってやりたかった。けれど、陸は口を閉じ、まっすぐに前を見た。本当の理由は別にある気がした。車がゆっくりと走り始める。厚い雲が割れて、太陽の光が漏れて、ショッピングセンターの外壁を銀色に輝かせた。

「梅雨もようやく終わりね」

母親がぽつりと言った。

香織が高校入学を辞退したのは、ＣＤショップで万引きをしたのが学校側に知られたからだ、と母親は言った。いろいろな噂話を総合すると、こうだ。

事件が起こったのは、高校の入学式の一週間前。香織は学習塾の春期講習を受けたあと、中学時代の友だち数人と一緒にニュータウンのショッピングセンターにある店に入り、そこで万引きをした。数人の友だちは先に店を出ていて、捕まらなかった。共犯かどうかもはっきりしない。最後に店を出ようとした香織が私服警備員に声をかけられ、バッグから未清算のCDが一枚見つかった。

香織は犯行を否定したが、警備員は取り合わなかった。一緒にいて逃げた数人の中に常習グループのメンバーがいたからだ。CDショップの店長も警備員から万引きの報告を受けるとすぐに警察に通報した。

警察でも香織は犯行を否定し、誰が一緒だったのかも話さなかった。

連絡を受けた両親が迎えにいき、平謝りに謝って、厳しい説諭ののちようやく香織は警察から解放された。

香織の両親は警察署を出るなり、お前の教育が悪い、あなたが家を空けるのが悪いと大喧嘩《おおげんか》を始めたそうだ。香織は母親の車で自宅に帰り、父親は自分の車で愛人宅にいったという。

その時点では、事件は公になっていなかった。警察もCDショップ側も香織が常習グループの一員ではないと納得済みだった。

が、翌日、事態は急変した。

入学予定の女子校から電話がかかってきた。どこからか情報が漏れたのだ。学校側は香織の万引き事件を把握していた。秋谷のおばさんは学校に出向いて、入学を懇願したけれど、受け入れられなかった。自主的な入学辞退を求められ、結局、香織はそれに応じた。

入学辞退の書類を提出したのち、香織は自室に引きこもり、そのまま中学卒業の無職になった。

眉を剃《そ》り、髪を切って銀色に染めたのは、五月の連休中らしい。

久しぶりに自宅を訪れた父親と派手な口喧嘩をして家を飛び出し、戻ってきた時には、今の髪型になっていた。その姿を見て、父親は話し合いを断念し、肩を落として立ち去ったそうだ。

香織はなにをしたいのだろう?

香織はほとんどの時間を陸の隣の部屋ですごしている。部屋にはソファベッドとライティングデスク、箪笥《たんす》があるだけだ。エアコンはついているけれど、狭いし、決して快適な部屋ではない。

日中はあまり顔を合わせる機会がない。朝と夕方、すれ違う程度だ。大抵、ヘッドフォンで耳を塞《ふさ》ぎ、言葉は発しないが、軽く目礼はする。たまに微笑することもある。

夜中、母親たちが寝静まったあと、勉強をしていると、隣の部屋から小さな物音が聞こえてくる。最初の夜からだ。深夜一時を回って、そろそろ寝ようかと思っている時に、かすかに声が聞こえてきた。

耳を澄ますと、言葉は明瞭ではないものの、声は香織のそれだとはっきりとわかった。なにかをつぶやいている。独り言なのか、それとも聴いている曲の歌詞でも口ずさんでいるのか。

なにをしているのか、興味はあるけれど、壁越しやドア越しに話しかけようとは思わなかった。少しの間、ただ耳を澄まして、声を聞き、気配を探っただけだ。声はすぐに途切れ、また静寂が戻ってきた。

香織も起きている。そう思うと、不思議なことに気力が湧いてきた。眠くてぼんやりとしていた頭も幾分すっきりとした。もう少し頑張ろう。陸は冷めたコーヒーをすすり、閉じかけた参考書を再び開いた。物理はあまり得意ではない。けれど、医学部の受験には必要だ。気分転換がうまくいったせいか、集中できた。短時間でも勉強は捗《はかど》り、陸は満足して明かりを消した。午前二時すぎ。香織はまだ起きているみたいだ。自分は眠らなければならない。朝から自転車のトレーニングがある。

おやすみ。暗闇の中でつぶやいて、陸は目を閉じた。

4

最後の直線で脚に限界が来た。

乳酸で脚が重くなる。回転を緩めたつもりはなかったけれど、一気に二台の自転車に追い抜かれた。南雲真一と今泉昇《いまいずみのぼる》の同級生コンビだ。ゴールまで競り合って、最後は南雲が勝ったようだ。今泉は天才肌の南雲と違って、がむしゃらにパワーで押すタイプだ。体つきもごつく、性格も攻撃的だ。南雲にはない、野性的なたくましさがある。エリート然とした選手が多いチームでは異色の存在だ。技術的にも未熟だし、洗練された走りとは程遠い。けれど、最後のダッシュはずば抜けた速さがあった。爆発的なパワー、それが今泉の武器だ。

あと十メートル。うつむいて思う。脚があと十メートル分保《も》てば、これほど惨《みじ》めな思いをしなくて済むのに。

惰性で自転車を進め、陸はゴールラインを越えた。

黒岩コーチが腕組みをして、こちらをじっと見ていた。

なぜ、最後まで走ろうとしない？

そう問いかけているようだ。

心が折れたからですよ、コーチ。

陸は胸の中でつぶやく。心が折れると、力が出てこない。頑張っても無駄なのだ、と諦めの気持ちになる。無駄をいくら積み重ねても無駄が別のものに変わるわけではない。

陸は上体を起こし、深呼吸をした。

顔に強い陽光が降りかかる。厚い雲が晴れ、本格的な夏が始まろうとしていた。

「先輩」

冷たい水のボトルが差し出される。南雲が補給袋《サコッシュ》を肩にかけて水を配っている。練習時の水配りは当番制だ。ロードレースの時には、水配り役は指名される。走行中に補給車から水や補給食を受け取り、チームのメンバーに運んで回る。コーチからの指示を伝える役目も果たす。トップでゴールすることはない。地味で目立たず、体力を使う役割だ。報われない、けれど、絶対に必要なのが水を運ぶ人だ。レースの時、南雲が水を運ぶ人になることはない。彼はエース候補だ。

受け取って、口をつけた瞬間、ボトルの半分が空になった。水分補給を怠っていたつけだ。脚が急に重くなったのも脱水のせいかもしれない。一呼吸置いて、全身から汗が噴き出す。残りの水をゆっくりと飲み干した。

「最後はクルージングですか？」

冷やかすように南雲が言った。

普段なら受け流すところだった。けれど、なぜか、かちんと来た。

「脱水だ」不機嫌な声が出た。「軽口をたたいてないで仕事をしろ」

「はい。失礼しました」

南雲は素直に頭を下げ、後続のメンバーに水を配りにいった。

のどの奥に苦味が拡がる。南雲に落ち度はない。最後がクルージングになったのも事実だ。自分でペダルを漕ごうともしなかった。

陸は唇をかんで、頭を振り、駐輪場までうつむいたまま自転車を走らせた。

「顔を上げなよ」

女の声がした。

自転車を止め、振り向くと、銀髪の少女がいた。香織だ。Tシャツにジーンズ、ヘッドフォンは首にかけている。左手にふくらんだ麻のバッグを持っていた。重そうだ。

「みっともないよ」

「お前に言われたくない」

「そうだね」あっさり認めて笑った。「でも、うつむいていたら、前が見えなくて、危ないよ」

たしかに。

「気をつけるよ」

うん、と香織はうなずいた。「それがいい」

ヘッドフォンを耳につけると、香織はゆっくりと木立の中を歩き始めた。麻のバッグを左手から右手に持ち替える。中には本が入っているようだ。五冊、あるいはそれ以上かもしれない。本……この近くに大型書店がある。お金、貸してくれない？　香織の声が蘇《よみがえ》る。まさか、そんなはずはない。万引きを繰り返すほど香織は愚かではない。

追いかけて確かめようかと思った。けれど、もし香織が万引きをしていたら、と考えると、足がすくんで動けなかった。

香織は振り向きもせず、木立の中に消えていった。

おれは弱い人間だ。ため息が漏れそうになる。うつむき加減になるのをぐっと我慢した。あごを上げると、葉を繁らせた木の枝の間から真っ青な夏空が見えた。

このままではいけない。

陸は思った。夏の陽光が体を熱くしている。冷たく湿っていた体の奥まで少しずつ熱が染み込んでいくようだった。

「その話は聞いているよ。噂になっている」

中川譲《なかがわゆずる》はストローから口を離すと、体を斜めに向けて長い脚を組み替えた。長身の彼にはファーストフード店のテーブルは低すぎるようだ。

「おれは賛成だし、当然だと思っているよ。リーダーはお前だ」

「だけど、おれはエースではない」

陸は言った。練習後、同級の中川を誘った。キャプテンを引き受けるかどうか、相談できるのは彼しかいない。中川はチームのエース格で、南雲学院中等部からのつきあいだ。

「でも、レギュラーだ。お前抜きでチームは組めない」

「どうかな？　下の奴らが力をつけてきている」

「南雲と今泉、ふたりだけだ。あとはまだおれたちの敵ではない」

「おれには敵になるかもしれない」

「陸、真面目に話しているんだ」中川は厳しい目を陸に向けた。「考えてもみろ、おれたちだって今の三年には脅威だったはずだぜ？」

高校一年生の秋、中川と陸がチームのレギュラーメンバーになった時、二年生の先輩がふたり、レギュラーから外れた。あの頃の自分は飛び抜けて速いわけではなかった。安定した走りと状況判断の的確さ、冷静さを評価されて、ポジションを得た。

「正直に言うよ」陸は深呼吸をして、切り出した。「おれは譲《ジョウ》がキャプテンになると思っていた。新チームでは文句なくお前がエースだ」

　ああ、と中川はうなずいた。「おれがエースだ」

「エースがキャプテンをやるのが慣例だ」

「そんな慣例はないよ」中川はカップから直《じか》に氷を口に入れ、奥歯でかみ砕いた。「あったとしても破ればいい。おれがエースで、お前がリーダーだ。チームをコントロールするのはお前だ」

「それでいいのか？」

「陸」中川はテーブルの上に体を乗り出すようにして言った。制汗剤の香りが鼻先に漂った。「いいか悪いかの問題ではない。お前にはその能力がある。だから、キャプテンをやれ。もし、走りにこだわっているのなら、下級生の奴らにお前の走りを見せてやれ。納得させろ。それができないなら、自転車なんかやめてしまえ」

「過激だな」

「短気なんだ。うじうじ悩んでいるのが我慢できない」

　中川はアイスティが入っていたカップを氷を含めて空にした。とん、と音をたててカップをテーブルに置くと、立ち上がった。

「おれは勝ちたいんだ。お前がリーダーをやれば、おれたちは勝てる。だから、お前を推す。親切心で言っているわけではないからな」

「わかった」陸はうなずいた。「直言を感謝する」

「堅苦しい奴だな、まったく」

ぽんと陸の肩をたたいて、中川は店を出て行った。

陸は、しばらく椅子に座り続けていた。

迷いはほぼなくなっていた。

自分の走りを見せる。中川の言う通りだ。翼を持たない自分がどれだけ走れるのか？　決断する前にしておかなければならないことはそれだけだ。自分の走りとはどんな走りなのか、それは無心になって走らなければ、自分でもわからない。


二時間、山間の道を走った。行きは上り、帰りは下りだ。海岸通りを避けたのは車の往来が激しくなっているからだ。海岸線を走る方が気分がいい。山道はアップダウンもあるし、蛇行しているから走りにくい。けれど、トレーニングにはなる。

久しぶりに限界まで追い込んで走り続けた。

途中で一度、気持ちが萎《な》えそうになった。ヌガーをかじり、水を飲むと、また活力が湧いてきた。誰のためでもない、自分が納得するために走るのだ。

眩暈《めまい》がするほど疲れたけれど、気分は充実していた。自分の持つ力をすべて出し切った満足感がある。思い悩んでいるのが馬鹿らしくなる。糖分と水分の補給で回復する。自分の落ち込みなんてそんなものだ。

自分は自転車が好きだ。心の底からそう思う。そう思えたことにも満足していた。

陸は夕暮れの中を自宅へと走った。

家には誰もいなかった。エアコンをつけて、汗に濡れたジャージを脱ぎ、シャワーを浴びる。ソックスまで汗で濡れて重くなっていた。温《ぬる》めのシャワーの下で頭《こうべ》を垂れ、滝に打たれるような気分でじっとしていると、肌の上を流れる湯とともに疲労が消えていく気がした。

台所のテーブルに置き手紙があった。

三人で買い物に出かけ、夕食を済ませて戻る、と書いてあった。

「あなたの帰りを待っていたのだけれど、暗くなってきたから。夕食は適当に食べてください。母より」

秋谷母娘が居候し始めてから、母親はおばさんに強く感化されている。外出が増え、家事の手抜きをするようになった。たまの息抜きだと思えばいいのだろうが、元の生活に復帰できるのかどうかちょっと心配だ。母親も実は外出好きなのかもしれない。

陸はため息をついた。これでは父親の愚痴みたいだ。自分の面倒《めんどう》は自分でみるのが一番だ。

冷蔵庫を漁《あさ》り、冷凍ピザを見つけて、焼いた。買い置きのサラダと一緒に手早く夕食を終えた。物足りないけれど、ハードな運動のあとだから、あまり重いものも食べられない。

階段を上がるのが苦行に思えた。明日の練習は大丈夫だろうか？

夏合宿前の総仕上げ、ロードでの記録会は三日後だ。公道を使ってチーム走行の練習をする。公道は規制されて一車線は専用レーンとして使える。けれど、公道には危険も多く、コーチの指示通りに走らなければならない。それでも、ゴールの競技場がある総合運動公園に入ってからはレースのような競い合いになるのが通例だ。そこに勝負をかける。明日の練習で調子が上がらなくても記録会に間に合えばいい。

自室に入ろうとして、隣の部屋のドアが半開きになっているのに気がついた。

隙間から部屋の中が見えた。意外に室内は片づいている。スナック菓子の空き袋や紙くず、空のペットボトルなどが散乱しているのではないかと思っていたけれど、香織は母親と違って綺麗《きれい》好きみたいだ。

テーブルの脇に麻のバッグが畳んで置いてあった。中身がないのは、売ったからかと思ったけれど、よく見ると、ソファに本が数冊積んであった。

いけない、と思いながらも陸は部屋に足を踏み入れていた。

見るのは本だけだ。万引きをしていないと確信を得るためだ。心の中で言い訳を繰り返す。

部屋の空気には香織の匂いがかすかにした。ペパーミントと蜂蜜《はちみつ》を合わせたような香り。陸は息を止めた。してはいけないことをしているような気分になったからだ。

ソファの本を一冊手に取った。分厚い料理全集の中の一冊だった。扉の裏側には図書館の所蔵印が押してある。香織が麻のバッグに入れていたのは、全部図書館で借りた本だった。あとはお菓子作りの本が二冊、高名な菓子職人《パティシエ》の自伝本とヨーロッパの歴史の本がそれぞれ一冊。テーブルの上にはノートとフランス語の教本と辞書が置いてあった。夜な夜な聞こえた香織の声はフランス語の発音練習だったのだろう。

本気なのだ、香織は。ここから逃げ出すための留学ではない。未来を作るための留学だ。

本を元の場所に戻し、香織の部屋を出た。自分の部屋に入り、ベッドに仰向《あおむ》けになって、天井を見つめた。

どうして香織を信じられなかったのだろう？　香織の態度にころりと惑わされてしまうのだろう？　陸はゆっくりと息を吸い、吐き出した。

いらいらする。もう充分だ。自分の気持ちに正直になればいい。たとえ、失敗に終わってもなにもしないよりはマシだ。ケジメをつけよう。香織とのこともチーム・キャプテンの話にも。

そう陸は決意した。

# 5

翌日の午後、陸は旧市街を自転車で走り回った。

旧市街の道は幅が狭く、入り組んでいる。人と人とがすれ違うのにも苦労するほどだ。江戸《えど》時代、城を守るためにこんな道が作られたのだそうだ。人や車を避《よ》けながら自転車を走らせるのには大変な気を使う。

半日かけて駆け回っただけの成果はあった。

二日連続で帰宅は夜になった。日焼けはさらに進行し、露出している部分は赤黒く変色している。家にたどり着いた時にはへとへとだったけれど、変則的な自主トレーニングだと思えば、疲労も心地よかった。

母親は自宅にいたけれど、秋谷のおばさんは外出していた。

母親に言わせると、秋谷のおばさんが毎日外出するのは気を使っているかららしい。家にいるだけで迷惑をかけるから、できるだけ家にいる時間を短くするのが居候のつとめなのだそうだ。秋谷のおばさんの理屈は独特で、陸にはすっきりと理解できない。

「香織は？」

「二階の部屋」母親は少し眉をしかめた。「香織ちゃんを呼び捨てにするのはやめなさい」

「どうして？」

「どうしてって……そんなに親しい関係じゃないでしょう？」

「でも、親戚《しんせき》じゃないか。母親同士がいとこなんだから」

「そうだけど。聞いていて不快なの。変に慣れ慣れしくて。とにかく、呼び捨てはやめて」

「わかった」陸は言った。ささいなことで争っても疲れるだけだ。「香織君は家《うち》にいて、一緒にメシを喰うわけだ」

「ええ、一緒に夕飯をいただきます。だから、なに？」

「晩メシが冷凍ピザでないことを願っているよ」

夕飯はハンバーグだった。

香織は自分の母親がいないことを気にしている様子はなかった。普段と変わらず、陸の三分の一にも満たない量を食べ、他のふたりが食事を終えるまで水を飲みながら静かに待っていた。陸の母親が話しかけると、短い返事をする。会話を拒んでいるわけではなく、話題が見つからないようにも思えた。家《うち》に来て十日、香織の心境にも少し変化があったのかもしれない。もしかすると、と陸は思う。彼女が変化したのではなく、自分が変わったのかもしれない。

自室に入ろうとする香織を階段の下から呼び止めた。

「話がある」

「なんの？」

振り向いた香織は警戒心を露《あらわ》にしていた。

陸は階段を駆け上がり、自室のドアを大きく開けた。「入ってくれ」

香織は一瞬、ためらったけれど、なにも言わずに陸の部屋に入った。

ドアは開けたままにしておく。母親対策だ。疑念を消す努力をするよりも疑念を持たせない努力をする方がずっと簡単だ。

「話って？」

香織は腕組みをして本棚の前に突っ立っていた。

机とセットになった回転椅子を彼女に勧め、自分はベッドに座った。男の友だちが来た時には床やベッドに寝転がって話をするけれど、相手が香織ではそうもいかない。

「どうして嘘をつく？」

「嘘？　なんのこと？」

陸は香織を見つめた。目が合うと、彼女は視線を斜め上にそらした。

「万引き」

「ああ」ぎごちなく笑った。「あれは事実だから。嘘じゃないから。一時の気の迷い。遊ぶ金欲しさ」

「おれが聞いてきた話は違う。香織は万引きをしていない。その場に居合わせただけだ」

半日間、走り回って情報を集めた。旧市街のあまり素行の良くないグループのメンバーに話が聞けたのは、今泉のコネクションのおかげだ。おやすいご用ですよ、先輩、と今泉は気軽に引き受けてくれた。あいつらには小学生の頃に貸しがありますから。どんな貸しなのか、陸は訊《き》かなかった。今泉の不敵な笑みがすべてを物語っていた。

事情をよく知っている者たちの話は母親から聞いた噂話とは異なっていた。

あの日、万引きをしたのは、常習グループの一員の少女だ。が、グループとしての犯行ではない。

「グループはもっと組織的に動いているんだ」と事情通の少年は千円札三枚の謝礼と引き換えに説明し始めた。「警備の手薄な商店を狙う。ニュータウンのショッピングセンターにはいかない。最新式の警備システムがあるし、私服の警備員がうじゃうじゃいるから。あそこにいくのは素人《アマチュア》だ」

「でも、グループの一員はその場にいたんだろう?」

「だから」と少年は歯列矯正中の歯を見せて笑った。「その子はわざと補導されるように仕向けたんだ。気に喰わない子がいて、そいつをはめるためにやったらしいよ」

「最初から仕組まれていた？」

「そういうこと。準備してなければ、ひとりだけ残して逃げるなんてことはできない」

「その子に会えないか？」

「仕組んだ子？　無理だね。あのあとすぐに引っ越したから。夜逃げってやつ？　一家離散って悲劇？」

陸は万引きグループの一員だった少女の行方を追いかけた。名前と香織との関係はつかめたけれど、転居先はわからなかった。誰にも告げず、一家は五月の連休前、夜の間にトラックに荷物を積んで引っ越しをしたそうだ。一家が住んでいた家はすでに取り壊され、土地が売りに出されていた。

「その子の名前は……」

こみ上げてくる怒りを抑えて、陸は香織に言おうとした。

「言わなくていい」香織が鋭くさえぎった。「よく知っているから」

彼女は香織とは中学時代を通じて一番の親友だったそうだ。中学一年の頃は成績も良く、快活な少女だった。二年生になって、成績が急落し、無断欠席も多くなった。その頃から万引きグループとのつきあいも始まったようだ。同じ頃、父親が外貨取引で大きな損失を出して、経営していた喫茶店を手離している。

「どうして本当のことを言わなかった？」

香織は学習塾の前で待っていた、親友だった少女に誘われ、ショッピングセンターに連れていかれ、わけがわからないうちに万引き犯にされた。それが真実だ。犯行の事実も犯意もない。香織はただ親友だった少女をかばっただけだ。

「言いたくなかったから」

「そんな……高校にいけなくなったんだぞ？　友だちをかばっている場合じゃないだろう。それに、友だちと言ったって、お前を羨《うらや》んで、裏切った」

「やめて！」

金切り声を上げた。

やめて、やめて、やめて、と叫びながら、香織は陸に飛びかかってきた。

「なんにもわからないくせに。私の気持ちなんか知らないくせに。友だちを悪く言わないで」

こぶしを振り回す。

顔を引いて、肩や胸、腕をたたかれるに任せていた。そうすることが自分の役目なのだ。香織のこぶしを受けても体は痛まなかった。胸の奥、心が痛んだ。

「おせっかいなんだから。余計なお世話ばっかりするんだから。やめてよ、陸。やっとふんぎりがついたのに。もう、思い出したくなかったのに」

香織は胸に顔を押しつけてくる。叫び声が泣き声に変わる。振り回されるこぶしのスピードも落ち、弱々しい動きになった。

「彼女を憎みたくなかった。友だちだから。すごく仲が良かったし、良い子だったし。あの子の気持ちもわかる気がした。だって……自分があの子の立場だったら、きっと同じことをした……」

「香織はそんなことはしない」

「する。私、嫉妬《しっと》深くて欲張りだから。それはあの子と同じ。同じことをしないとしたら、行動力がないだけ」

香織は大きく息をした。胸がふくらみ、しぼんだ。陸は体を硬くして彼女の感触をやりすごそうとした。

「憎んでも仕方がないとわかっていても憎んだ。あの子の気持ちなんか考えなかった……もしかすると、私が無神経に彼女を傷つけていたのかもしれない、と思ったのは、ずっとあと。ニブいんだ、私」

陸はどうしていいのかわからず、両手をベッドについて、上体をややのけぞらせた姿勢で、ひっそりと呼吸を繰り返していた。大きく息をすると、香織の顔に胸を押しつけることになる。香織の感触がこれ以上生々しく、熱っぽくなるのは避けたかった。

「自分が馬鹿《ばか》なことくらい、私だってわかってる。もっと慎重に行動すれば良かった。でも、できなかった。あの子を恨《うら》むのは筋違い。……だから、もういい」

こぶしが止まった。香織は口から息を吐き出し、鼻をすすった。ティッシュは机の上にあるけれど、手が届かない。香織が体を少し引いたのに合わせて、陸はそろそろと上体を起こした。ちょうどあごの下あたりに香織の頭があった。間近で見ると髪の毛のつけねあたりには本来の黒色が戻っていた。

「本当にいいのか？」

うん、と香織は顔を上げずにうなずいた。

「もういい。あんな高校にはいかなくてよかった。生徒を信じない学校なんていく意味ないし。それに……あの子だって苦しんでいたと思うし、今も苦しんでいるだろうし。あの子と友だちだった頃のことまで汚したくないし」

陸はそっと香織の肩に手を置いた。小刻みな震えが指に伝わってくる。温かくて小さな生き物の感触。両腕でしっかりと抱き締めたい衝動にかられた。

「後悔はしないか？」

「しないよ。おかげで私は本当にやりたいことが見つかったから。本気で修業して職人になると決めた」

「高校に未練はないのか？」

「ないよ。不安はあるけど……、でも、自分が決めたことだから、自分で引き受ける。万引きのことも将来のことも」

引き受けられるのか、とは訊かなかった。

香織が納得して引き受けるのならば、それでいい。その結果、どうするかは彼女が考えるだろう。自分が口を挟むのは、それこそおせっかいだ。

「大丈夫だから」と香織は言って、顔を上げた。頰《ほお》が涙で濡れていた。「ようやくふんぎりがついたから。全部吐き出して、陸をぶん殴って、すっきりした」

「それはよかった」

自分にも存在価値はあるのだ。少なくとも今の香織にとって。笑おうとしたけれど、頰がこわばってうまくいかなかった。

「頼みがあるんだけど」

急に香織の声が柔らかくなり、存在がより生々しく感じられた。

「なんだ？」

緊張で息がつまりそうだ。告白の記憶が蘇る。あの時、素直に自分の気持ちにしたがって受ければよかったのだ。理屈をこね回して、体裁を取りつくろう必要などなかったのだ。

「ぬいぐるみみたいに抱っこしていい？」

返事をしないうちに香織が抱きついてきた。

陸はひっくり返りそうになりながら、彼女の体を受け止めた。

密着すると、香織の体の温《ぬく》もりや息遣いがまるで自分のもののように感じられた。

香織の手が陸の背中を撫でた。本当にぬいぐるみを抱いているみたいな無邪気で優しい動きだ。でも、心地よい。陸も彼女の背に手を回し、肩甲骨の下あたりを撫でてみた。すべすべしたシャツの布地越しに痩せた香織の体の感触が伝わってくる。肉は薄い、けれど、締まっている。たしかに、彼女も部屋に籠《こも》って、ただ怠惰に時間をすごしていたわけではなさそうだ。

陸、と香織が小さな声で名前を呼んだ。

「なんだ？」

「みっともなくてもガンバレ。照れ隠しをしているよりその方がずっといいよ。陸らしい」

「褒めてるのか？」

「不器用だと言っているだけ」

たしかに器用ではない。でも、不器用も悪くはない。

「お前もな」

陸は言った。愛情を込めて。

「言われなくてもわかってるよ、おせっかい」

香織が顔を上げて微笑した。屈託のない笑顔だ。

彼女の笑顔を見て、借りを返せた気がした。胸の奥にあったわだかまりがするすると溶けて消えていく。

そろそろ離れた方がいいと思った時だった。

「なにをしているの？　あなたたち！」

母親の悲鳴が響いた。

ふたりの母親が部屋の入り口に立っていた。

誤解を解くには長い時間と多大な労力が必要となるだろう。

ため息をつく陸を香織はいたずらっぽく笑いながら見上げていた。

6

朝から強い陽射しが降り注いでいた。

気温は前夜から下がらず、午前九時のスタート時点で三十五度近くあった。

本格的な夏だ。

「陸、ペースを落とせ」

伴走の車から黒岩コーチが無線で指示を出す。

陸は集団の先頭を走っていた。仮想のチームは、中川、高桑《たかくわ》、新城《しんじょう》、南雲、今泉。中川がエース、高桑と新城は高校一年生、南雲と今泉が中学三年生だ。陸を含めたこの六人が、現在の高校三年生が引退後の新チームのレギュラーメンバーになる。中学生を含めた南雲デンキ自転車部ジュニアクラブの核になる選手でもある。

黒岩の指示にしたがって、陸はペースを落とした。

すっと南雲が並びかける。トップを交替するつもりだ。集団走行の先頭《トップ》を走るのは、二番手よりうしろを走るのとは比べものにならないほど体力を使う。風の抵抗をまともに受けるからだ。ペースも決めなければならないから精神的にも疲労する。損な役回りだ。けれど、誰かがトップを走らなければならない。公平を期すために先頭集団を走る選手は交替でトップを走り負担をわかち合う。明文化されていない、けれど自転車乗りならば誰もが知っている協定だ。

南雲の動きを手で制して、陸はトップを引き続けた。南雲は陸の対応に戸惑ったようだ。一瞬、反応が遅れた。けれど、すぐに二番手の位置に戻った。

海岸通りを走りきるまではトップを走るつもりだった。暑さは容赦なく体力を奪う。この時点での体力の消耗は最後のスパートを考えれば、避けた方が賢明だ。けれど、トップで風を切ることを体が求めていた。

海からの横風が強くなる。チームの隊列はまっすぐから斜めに形を変える。横風の影響を少なくするためだ。この場合もトップの選手が体を風避けに使う。移行はスムーズで一人の遅れも乱れもなかった。先頭の六人と後続の集団の間には五十メートルほどの差がついていた。この差は少しずつ広がっていた。

陸はまたペースを上げた。集団を引き離すつもりだ。この六人でどこまで走れるのか、知りたかった。

黒岩コーチも今度は制止しなかった。陸の意図を読んだのだろう。

バスターミナルで折り返す。

停留所のベンチに銀髪の少女の姿はなかった。香織は母親と一緒に二日前に家に戻った。あの夜、香織と陸が部屋でなにをしていたのか、両方の母親とも深くは追及しなかった。ただ、ふたりを隣り合った部屋にそのまま置いておくほどおおらかではなかった。

来た時と同じようにあわただしく、離婚問題の解決を名目的な理由にして、秋谷母娘は帰っていった。陸は見送りもしなかった。その必要は少なくとも香織に対してはない。気が向けば、彼女は留学前にでも留学後にでもまたやって来るだろうし、気が向かなければ、来ないだろう。それでいい、と陸は思う。自分も、気が向けば、またぬいぐるみ代わりになるだろう。

みっともなくてもガンバレ。

香織の声が耳に響くようだ。

海岸通りを左折して、総合医療センターに向かう直線に入ったところで、陸は手で交替の指示を出した。

待ち構えていたように南雲が前に出る。

ペースを緩め、最後尾まで下がっている途中で中川が呼び止めた。

「上げすぎだよ。最後まで保たない」

「保たなきゃ、やめろ」陸は中川の左肩を軽くたたいた。「エースの意地を見せてくれ」

「そうまで言われたら、やるしかないな」

中川は笑顔で言って、表情を引き締めた。目に真剣な光が宿る。

「いけそうだろう？　このチーム」

陸が言った。体で実感している。このチームはいける。

「いけるよ」中川もうなずいた。「だから、そう言ったじゃないか、キャプテン」

「キャプテン？」

「最後はへばってもいい。エースのおれをカタパルトみたいに発射させろ」

「了解」

陸は最後尾まで下がった。風の抵抗が少ない分、同じペースで走っていても先頭にいる時よりも楽だ。肉体的にも精神的にも余裕がある。

水を少量口に含み、のどの奥を湿らせる。何度か繰り返すと、頭の熱が去った。

鈍い脚の動きが見える。陸はまばたきをして、脚の持ち主を確認した。三番手を走る今泉だ。瞬発力は素晴らしいが、持久力に問題がある。このままでは今泉は息切れして、チーム全体のペースが落ちる。

陸はすぐ前を走る新城に声をかけ、今泉と交替するように言った。

下がってきた今泉に水のボトルを渡す。

「あと少しだ。公園に入れば、風は涼しい」

あごから汗を滴り落としながら、今泉はうなずいた。相当に体力を消耗している。けれど、目にはまだ力があった。闘志が光となって目に出ている。

ローテーションをこまめに変え、今泉のケアをしながら、公園に入った。樹木が多いせいだろう、気温が一、二度下がったように感じられる。チームのペースは落ちない。むしろ、少しずつ上がっていく。高桑、新城、南雲の三人が交替でトップを引いている。南雲の走りは上級生の二人を凌駕《りょうが》するほどだ。

才能のある奴は違う。陸は素直に称讃《しょうさん》したい気分になった。背中に翼を持つ奴にはかなわない。

でも、チームで走れば、自分の背中に翼を持つのと同じだ。

走行する自転車チームはひとつの生き物だ。メンバーは個であると同時に全体だ。南雲の翼は自分の翼としても使える。それがチーム走行のいいところだ。翼を持たない自分は水を運ぶ役割に徹すればいい。いや、キャプテンは水を配る人ではない。チームに風を吹き込み、活性化させる役割だ。風を読み、翼を持つ者たちが巻き起こす風にチームを乗せる。風を運ぶ人、それが自分の役割だ。新しい風を今、ここで配るのだ。

「今泉」と陸は声をかけた。「最後にスプリントしろ。中川をぶっちぎってもかまわない」

「いいんですか？」

息は荒いが、返事をする力は戻ってきたようだ。

「いいよ。エースの鼻を明かしてやれ」

ぽんと今泉の尻をたたいた。

「わかりました、キャプテン」

声が弾んでいた。みるみるうちに体全体に生気が蘇る。現金な奴だ。そこがいいところなのかもしれない。中川が差されるとは思わないけれど、肝を冷やすくらいのことはやってくれるだろう。

わくわくしながら、陸はペダルを踏んだ。

風が流れ、樹木の影が襲いかかってくる。

ドーム競技場の屋根と屋外競技場のゲートが見えてきた。

陸は今泉の前に出た。

今泉も遅れずについてくる。先頭まで風避けとなって今泉を引いていく。自分の作る風が今泉を引き上げる。今泉は自分の配る風にうまく乗っている。

先頭は南雲、そのうしろに高桑、中川の順で走っていた。陸は南雲に並びかけた。南雲は一瞬、意外そうな顔をした。今泉を引いたまま、トップを取る。確認する余裕はないけれど、中川は南雲のすぐうしろまで上がってきているはずだ。そうしなければ、ラストのスパートに間に合わない。

競技場のゲートをくぐった瞬間にスパートを始め、限界に達する寸前に脇に避けた。

風が巻き起こり、ふたつの影が発射された。

「よくやった」無線のレシーバーから黒岩コーチの声が聞こえた。「陸、君は案外血の気が多いんだな」

「いけませんか？」

「それを求めていた。陸、キャプテンは君だ」

そう、キャプテンはおれだ。

陸はゴール地点に目をやった。

僅差《きんさ》で中川が今泉に競り勝って、両腕を空に向かって突き上げていた。

歓喜の声が誰もいないスタジアムに轟然《ごうぜん》と響き渡るようだ。

みっともなくてもガンバレ。

香織の声が蘇る。風を配り終えた陸はクルージングペースで自転車を走らせ、滑るようにゴールラインを通過した。

みっともなくはないだろう、と陸は思う。これがおれのスタイルだ。

# 氷《ひょう》傑《けつ》

須藤 靖貴

Yasutaka Sudo

須藤靖貴
(すどう・やすたか)

1964年東京都生まれ。駒澤大学文学部卒業。スポーツ誌、健康誌の編集者などを経て、1999年、『俺はどしゃぶり』で小説新潮長篇新人賞を受賞しデビュー。高校のアメリカンフットボール同好会を舞台にした同作(光文社文庫)のほか、スポーツを題材にした作品に、『フルスウィング』『押し出せ青春』『セコンドアウト』(以上、小学館文庫)、『リボンステークス』(小学館)がある。他著にビートルズバンド小説『おれたちのD&S(デマンド&サプライ)』(講談社)、『池波正太郎を歩く』(毎日新聞社)などが、共著に『青春スポーツ小説アンソロジー Over the Wind』(ジャイブ)などがある。

フェンスにあるビールの広告が鬱陶《うっとう》しい。円《まる》い顔がビールを飲む能天気《のうてんき》なイラストで、それが一瞬でもパックに見えるのが嫌だった。

後藤恭司《ごとうきようじ》はフェンスを凝視し、強く瞬《まばた》きをした。これで意識から広告が消えた。ゴールを守るため、余計な感覚をひとつひとつ消していく。いつもの試合前の儀式だ。

白いユニフォーム姿でゴール前に立つ。

恭司は青白い氷を見つめた。

今とは違うユニフォームを着ていた頃の思いが過《よぎ》り、胸が焦げた。

会場は相手チームのホームリンクだ。紫のユニフォームが敵陣にひしめいている。去年の開幕戦、恭司は紫色をまとい、反対側のゴールを守っていた。

ゴール前を、恭司はスティックでならした。ここを通るパックは必ず俺《おれ》の身体に当たる。そう念じながらスティックを動かす。

練習のときには感じなかった氷の匂いがした。ゲームの匂いだ。

淡い刺激臭が鼻をかすめ、それからは嗅覚《きゅうかく》が慣れたせいか反芻《はんすう》しようにも確かめることができない。

これで嗅覚も消えた。

視覚と聴覚、そしてキーパー勘だけが際立ってくる。

背後で応援団が恭司の名前を連呼した。太鼓の打突とともにキョージ！　キョージ！　と繰り返す。熱い声援が腹と背骨に響いてくる。

試合前にはゴールキーパーの名が連呼される。この主役感がたまらない——そう恭司は思う。ゴーリーがしっかりしていないとチームは勝てない。しかし、ゴーリーが完璧《かんぺき》ならば、絶対に負けることはない。

第一セットの五人がゆっくりと恭司の前を過ぎる。一人ひとり、短く気合いの声を掛けていく。

いつものように、恭司は両手を大きく広げたあとで低く腰を落とした。

試合開始のブザーが鳴った。

# 1

恭司は病室の白い天井をぼんやりと眺めていた。

痛みはない。当座の検査でも異状はなかった。

両足を真っすぐに伸ばすと、白い毛布カバーの肌触りが太ももに心地よい。

それにしても、妙な励まされ方をしたもんだな――。

「よく避《よ》けなかった。さすがは俺たちのゴーリーだ」

見舞いにきたチームメートから、そう言われたのだ。

昨日の夕方、練習のあとだった。

仲間三人と居酒屋に入った。三日後に試合を控え、軽くアルコールを入れて気持ちと身体をほぐそうとした。憂《うさ》を晴らすための深酒の席ではない。静かに飲んでいた。

なぜ隣席の男に絡まれたのか分からない。

「いい若いもんが夕方から酒飲みやがって」

二人連れの壮年だった。揃って分厚いジャンパーを羽織って赤ら顔だ。いかにも仕事にあぶれていそうな風貌《ふうぼう》で、鬱屈《うっくつ》を肩から立ち上らせている。焼酎《しょうちゅう》の炭酸割りを飲んでいる。テーブルにはビール瓶が二本。宵の口なのに、二人とも目が据わっていた。

恭司たちは隣席を無視した。二人連れはチームの監督よりも年配者だ。話が通じるわけもないし、付き合う義理もない。

そのうち、一人が身を乗り出すようにして絡んできた。

「おい。人の話を聞きやがれ。オレがお前らのように若い時分にはな、夜遅くまで働いて、それから必死で飲んだもんだ。それを、お前らはなんだ。ふにゃふにゃ笑いやがって。お前ら、なにやってんだ。はやりのＩＴか？　ラクして儲《もう》けてるんじゃねえぞ、こら」

絡みつくような悪態を耳にしながら、父親よりも少し年下かなと恭司は思った。

「僕らも一所懸命やって、それで酒飲んでるんですから」

恭司の正面にいた同僚が言った。言葉の調子に気遣いがある。恭司たちのチームのプレースタイルは厳しく激しいと言われる。だがチームの連中はリンクを離れれば礼儀正しく、行儀が良かった。

なにを？　と男が言った。据わっていた目が丸くなっている。穏やかな言葉が返るとは思っていなかったのだろう。

「昔話を押しつけられても。僕たちがオジサンたちの時代に生まれてれば、同じように夜中まで働いていたと思います」

同僚の言葉を補うように恭司は言った。なにを言っても聴く耳を持たない。こちらの言うことは全否定。酒場にはそういう酔漢がいる。やり過ごそうとしたが、つい理屈が口を衝いてしまった。

恭司は右隣りの同僚に同意を得ようと、男に背を向けた。

振り返ったときだ。

男がビール瓶を逆さに持って立ち上がった。残っていたビールがこぼれてテーブルに泡を作った。

「恭司！　危ない！」

ビール瓶が振り下ろされる。緩慢な動きだった。恭司にはビールのラベルの柄《がら》までよく見えた。恭司を狙って放たれるパックのスピードに比べたら、それこそスローモーションのようだった。

恭司はビール瓶を頭の中央で受けた。

頭や顔を守ろうとする人間の本能とは逆で、向かってくるものを避けずに受けとめる。ゴールキーパーの性《さが》だ。避けるどころか、首に力を込めてビール瓶を迎えにいく感じだった。打撃はパックを顔面に食らう衝撃からすれば大したことはなかった。ビール瓶はくだけなかった。

テレビドラマなどと違って、簡単に割れないものなんだな、と思ったら気を失った。

気が付いたら、病院のベッドの上にいた。

三日間でさまざまな検査を受けた。北海道にいる母親には連絡しなかった。

部員たちと入れ違いに松代咲季《まつしろさき》が見舞いにきた。「どうして逃げなかったのよ。ヘルメットしてなかったんでしょ？」と声を立たせ、恭司を睨《にら》み付けた。すぐに笑顔になる。ショートボブの髪が清潔そうで、装いのない素直な表情だった。恭司は内心で一つ頷《うなず》いた。恋人の表情を見れば、自分がどういう状態かが分かる。

いい休養になったと思うことにした。

秋が深まり、トップリーグの闘いは佳境に入った。

氷上に復帰したものの、恭司は先発メンバーからは外された。

身体のキレはすぐに戻った。パックもよく見える。ただし、恭司より三歳年下のセカンドのゴールキーパーの調子も悪くなかった。

「打ったところが頭だ。焦らず、徐々に戻していけ」と監督は言った。恭司のチームは必ずプレーオフに残れる力がある。年明けからの決戦を想定し、コンディションを整えていけばいいと思った。

だが、年を越しても恭司の出番はなかった。

後輩は潑剌《はつらつ》として思い切ったプレーをした。ディフェンダーのミスで一対〇になる場面でもナイスセーブを見せた。アイスホッケーの場合は「一対一」とは言わない。そのくらい、キーパー側のピンチなのだ。そんな状況でも物怖《ものお》じしない積極策がことごとく図に当たった。

それでも、まだまだ自分のほうが上だと恭司は思う。スキル面でもいろいろあるが、ディフェンダーへの指示の的確さ、指示のタイミングなどがいまひとつ堂に入っていない。三年の差、しかもトップリーグで揉《も》まれた年月の差は大きい。それは監督をはじめチームメートの誰もが感じている差異のはずだった。

しかし、大事なゲームでも後輩はゴールを守り続けた。

チームはプレーオフ・ファイナルまで進んで敗れた。準優勝だ。

居酒屋での一撃でけちが付いてしまった。

頭部の打撲は侮れない。数年経って影響が出ることもあるという。チームはそれを慮《おもんぱか》り、今季は大事を取らせた。そう恭司は自分に言い聞かせた。

三日間のオフのあと、恭司は監督室に呼ばれた。

今季の反省と来季への決意を聞かれる面談だ。監督といっても四十前である。恭司がチームに入ったときには現役選手だった。後輩に優しく、よく相談に乗ってくれた。三年ほど前に監督になり、急に老け込んだように見えた。髪型もまるで似合わない七三分けで、現役時代のようにともに酒を飲んで騒ぐこともなくなった。管理職になり、選手たちとの付き合い方を変えたのだろう。

恭司はさらに高度な質問も予想し、ベンチから見たチームの戦いぶりの問題点、改善策などをまとめていった。

胸を張って監督室のドアを引いた。

だから、監督の言葉が信じられなかった。

上がるか、と監督は言った。

アイスホッケー選手が現役を退くことを「上がる」と言う。氷から陸に上がる。引退勧告である。

二十五歳。高卒でチームに入り、七年目のシーズンを終えた。上がるには悪い頃合ではないだろうと監督は言った。

上がったあとは、親会社の総務部に籍を置くことになる。

予期しないところからパックが飛んできたようで、恭司は瞬きすらできなかった。言葉が出ない。吐いた息が震えていた。

ゲームから遠ざかっていたとしても、スキルは少しも衰えていない。自分が上がることなどまるで頭になかった。

理由は告げられなかった。恭司が尋ねれば話したかもしれない。しかし、監督の口から出るのは、後進が伸びているといったありきたりの理由に決まっている。

「考えさせてください」とだけ言った。

やっとの思いで吐き出した言葉だった。

監督は神妙に頷いた。笑みを浮かべているようにも見える。恭司には選択権はない。必ず会社の意向通りになる。監督の顔には、そういう色が見て取れた。

友人の元プロ野球選手の言葉を恭司は思い出した。野球選手の解雇は球団職員から言い渡される。解雇を告げられたとき、崩れそうになる表情をわずかに残ったプライドで支えたと言っていた。彼らは会社に残る道はなく、掛け値なしのクビである。

恭司の目の前にいる監督は悪怯《わるび》れていない。「へ」の字型の眉《まゆ》が上がり、得意げに見える。どちらかというと恩着せがましい顔だ。

自分は恵まれているほうなのだ。選手をやめても、会社から放り出されるわけではない。上がった後の選手の面倒見の良さは社会人チームの中では一番だろう。

その晩、寮の自室に仲のいい同僚を呼んだ。ジャージの肩に「#7」と刺繍《ししゅう》がある。恭司の肩には「#50」。後藤だから50番だ。

同僚は目を伏せてため息をついた。

「噂《うわさ》は聞いていたよ。なんでもなければいいな、と思ってた」

同僚の口調は重苦しかった。

「飲み屋での一件な。あれは百パーセント、あのオッサンが悪い。おれも監督にそう話した。でもな、コレがな」

そう言って、同僚は右手の親指をぴんと反らし、天井に向けて突き出した。

「コレがさ……」

同僚は黙ってしまった。

その親指を見て、恭司はおおよそを察した。

親指がさしているのは会社のオーナーのことだ。選手経験があり、アイスホッケーに造詣《ぞうけい》が深い。激務の合間にNHL観戦に渡米するほどのホッケーフリークである。だから恭司たち選手は厚遇される。だが自らのチームを愛するあまり、選手の人事にも大いに介入してくる。オーナーの意向は的を射ているだけに抗《あらが》いがたいものがあった。

「酒場ってのが気に入らないんだ。ゲーム中のケガだったら、絶対に上がれなんて言わないよ。一流のゴーリーなら、酒場でもなんでも、危険を察知して事前に手が打てるはずだ、って。つまり……」

恭司は二度三度と頷いた。つまり——酒場で脳震盪《のうしんとう》を起こすような選手は、一流ではない。

オーナーにそう言われてしまっては、返す言葉がない。

あの場面。振り上げた男の右腕を押さえることもできた。

思い上がっていたのだ。

酔漢がビール瓶を振り上げたくらいで腰を上げるなんてみっともない。日頃から氷の上で厳《いか》つい猛者《もさ》たちと戦っている身だ。ひとつ間違えば死ぬんじゃないかと感じることはいくらでもある。百キロを超える外国人選手がノーブレーキで突っ込んでくる。シュートを打った勢いで激突してくる。しかし意識は常に黒いパックにだけ注がれる。恐怖心などが入り込む余地はない。

酔っ払いの絡みなど眉ひとつ動かさずにやり過ごしてやる。そんな思い上がりがあった。

恭司も黙った。同僚も恭司の気持ちを聞こうとはしない。事実上、選択肢がないことを同僚もよく知っている。

同僚を帰し、恭司は一人でウイスキーを飲んだ。あれこれと考えても無駄だ。したたかに酔い、うずくまるようにして眠った。

翌日、恭司は二日酔いで監督室のドアを叩《たた》いた。こういう場合、頭が重いことは都合がいい。首を横に振ると頭が痛くなる。監督の言うことにいちいち頷けばいい。

「昔は飼い殺しにされることが普通だったんだ」

監督は言った。

「特にゴーリーはな。移籍されればチームの情報を全部持っていかれる。だから、上がらせず、しかしゲームには使わない。だが今は違う。チームの人件費に余裕がないこともあるが、それよりも、すべてを仕事に向けさせたいというオーナーの意向が強いんだ。二十五歳なら、大卒の新人と年齢的にはそれほど変わらない。いったんは総務部に籍を置くんだろうが、営業開発なんかで能力を発揮してほしい。お前は目上に好かれるようなところがあるからな」

恭司は機械的に頷いた。

言葉をはさめば話が長くなるだけだ。監督と面と向かうのはこれを最後にしたかった。現役時代の兄貴分的な雰囲気を知っているだけに、監督然とした態度を恭司は苦々しく思った。

週末、恭司は咲季と湖まで車を走らせた。

「相談のひとつもないわけ?」

咲季は口を尖《とが》らせた。全部事後報告だった。

同い年の咲季は会社の広告部にいる。短大出だから恭司のほうが先輩だ。付き合って二年になる。大きな瞳《ひとみ》と優しげな顔立ち、そして柔らかな声が気に入っていた。しかし眉を寄せると怜悧《れいり》で怖い表情になる。目に力がある。そんな咲季の顔さえも恭司は嫌いではなかった。咲季はどんなときにも落ち込むような仕草を見せない。咲季と一緒なら、どんなことでも笑い飛ばせそうな気持ちになった。

「選択の余地がなかったんだ」

「簡単過ぎない？」

恭司は黙ってハンドルを握っていた。

咲季と、温かい家庭を作りたい。

その気持ちを、咲季も分かってくれる。だから相談をしなかった。

咲季と一緒になるのなら、会社を辞めることはできない。

本当は——恭司は思う。

子どもを、できれば男の子を授かり、自分のゴール前での雄姿を見せたかった。子どもを思い切り可愛がってやりたい。そのときの自分は、正ゴールキーパーでいたい。三十歳まで、なんとかスキルを落とさずにやれるはずだった。

「私が恭司なら」

咲季が口を開いた。

「頭でも丸めて、オーナーに直談判《じかだんぱん》するけどな。それでもだめなら、諦めるかどうか、そこで考えるけど」

声色が不機嫌そうに立っている。

「いつだったか……言ってたよね。フォワードと二対〇になったときでも、俺は絶対にヤマは張らないって」

一対〇でも失点必至のピンチなのに、もう一人のフォワードが逆サイドから滑ってくるときがある。シュートに注意を払えば、逆サイドにパスされる。慌てて逆サイドに反応すると、もう一度パスを戻されて簡単にゴールネットを揺らされる。シュート七割、パス三割でケアを分散させるのがセオリーで、下手《へた》なキーパーはどちらかにヤマを張り、もう一度パスを戻されたらお手上げとなる。しかし恭司はすべてに十割の力を注げる。シュートを守り切り、そこからパスで振られても対応できる自信があった。

「二つのうち一つを取ったわけでしょ。それって、当たり前過ぎない？　恭司って……両方取れる男だと思ってたけど」

語尾がツンと跳ね上がっていた。

恭司は返事をしなかった。

咲季にとっても、恭司が会社を辞める選択肢はあり得ない。そして、恭司にずっとアイスホッケーを続けてもらいたいと思っている。

気の利いたことを言って咲季の気持ちをほぐさなければいけない。何もかも忘れて咲季を抱き締めたい。そのための遠出でもあった。

しかし言葉が出ない。咲季も口を結んでしまった。

こうなるともうだめなのだ。咲季がヘソを曲げると、手も握らせてもらえない。

恭司は咲季と出会った頃のことを思い浮べた。

咲季は東京での試合は欠かさず応援にきた。ゲームは面白いけれど、寒くて困ると笑った。リンク全体がまるで巨大な冷蔵庫である。細い身体には堪《こた》えるのだろう。

「それでも、スタンドの上のほうはまだマシなの。温かい空気は上がっていくのね」

そして、リンクのボトムにいる選手たち、とりわけ恭司を気遣った。

「フォワードやディフェンスの選手は動き回るし、交替でベンチに戻るからいいんでしょうけど、恭司はずっと出ずっぱりでしょ。じっとしてるし。寒くないの？」

面白い問いだと恭司は思った。寒さなど、ただの一度も感じたことはない。確かにユニフォームの下には防寒素材のスパッツを着込む。だが露出している顔や首筋が寒いと思ったことなど一度もない。それはなぜか、咲季に聞かれるまで考えたこともなかった。

「たぶん――」

恭司は答えた。

「ゲームに関係ない感覚のスイッチを消すからかな」

へえ、と恭司を見つめる咲季。瞳が揺れていた。

「大事なのは視覚だけってこと？」

「耳も。ゲーム中の音って重要なんだよ」

「二つに集中するのね。じゃあ、恋人のことなんかは考えないわけ？」

「もちろんさ」

咲季は舌打ちをして笑った。

付き合うようになり、咲季はそれまで吸っていた煙草《たばこ》をやめた。恭司が頼んだわけではない。それが嬉しかった。

恭司はハンドルを握りながら、心の中で舌打ちをした。

助手席にいる恋人との蜜月を懐かしんでいるようではどうにもならない。

食事もせずに車は高速道路を引き返した。

四月から、恭司はスーツ姿で事務机にへばりつくことになった。

## 2

シンクロニシティというのは、驚くほどのものではない。そう恭司は思う。

思い浮べた相手から電話がかかる。それでびっくりするわけだが、実はこちら側はずっとその相手のことを考えている。コンピュータが起動を維持しながら節電のために画面を閉じるように、目当ての顔を日々の雑務の中で少しばかり忘れているだけなのだ。だから電話がかかってきたときに以心伝心と思ってしまう。

そんなことを、恭司は一通の手紙を前にして感じていた。

父親からの手紙。

合宿所に届いたものが本社に転送されてきた。

「合宿所に寄越《よこ》すってことは、母さんとも音信不通ってことだな」

恭司はつぶやいた。

五月が終るころだった。午前中の業務を終え、恭司は社員食堂で一人昼食を摂《と》った。それから外へ出て公園のベンチに腰を下ろした。木漏れ日の中で、父親からの手紙を読もうと考えたのだ。目の前には花壇があり、星形の花が咲いている。紫の花びらが鮮やかだった。

十年前だ。恭司が高校に進学するとき、両親が離婚した。

寒いけれどもそれほど雪は積もらない。そんな北海道の都市で恭司は育った。アイスホッケーの盛んな町だ。根雪にならないせいで、池に張った氷は子どもたちの遊び場になった。みながスケートに長《た》けていき、やがて男の子はスティックを握るようになる。市内には小学生を指導するアイスホッケーチームがいくつもあった。

小学生も中学生も、冬はアイスホッケー、夏は野球やサッカーなどをやった。恭司もそうだ。小学三年生からフェイスガードをかぶってゴールを守り、野球部では捕手を務めた。中学の野球部は強豪で、部の顧問教師は恭司を野球に専念させようとした。身体も大きく、長打力のある大型捕手である。推薦で道内最強の私立高校へ入れるだろうとうたわれ、努力次第ではプロ野球へも、などという声もあった。

しかし恭司が握り締め続けたのはバットではなくスティックだった。アイスホッケーのほうが面白く思えた。野球部はみなが坊主頭で優等生的な雰囲気で、規律も厳しく、学生服の詰《つ》め襟《えり》のホックを外しているだけで先輩から注意された。ところがアイスホッケー部にはどこか不良っぽい空気がある。リンクは夕方から使えることが多く、練習も夜になる。練習が終わればファーストフード店でハンバーガーやドーナツを食べて仲間と騒げた。

野球もアイスホッケーも練習の厳しさは変わらないが、ホッケーには氷上を滑る爽快感が底にある。リンクを使うアイスホッケーは季節が変わっても視覚に変化がない。しかしその分、「音」が多彩だった。シャーッという低い滑走音がベース音のようで、そこにシューズの刃が氷を削る音、パスを打つ乾いたスティックの音、パスを受ける硬い音などが加わる。すべてが耳に心地よく、猛練習の疲れを吹き飛ばしてくれる。

野球に未練はなかった。むしろ捕手の経験がゴールキーパーのスキルに生きた。野球部の先輩は剛速球投手だったがコントロールが悪かった。それで荒れ球をしっかり捕る〝視力〟が養われた。ゴールキーパーは必ずしも飛んでくるパックを捕らなくてもいい。弾《はじ》いて味方のパックになれば素速いカウンター攻撃につながる。しかし零《こぼ》れ球をシュートされるリスクもある。恭司は捕れる可能性のあるパックは必ず捕った。それが徹底できるゴールキーパーは中学生ではほとんどいなかった。

恭司は強豪の私学へ特待生推薦を受けるほどになった。

そんな春、父親は家庭から去った。

理由は知らない。両親の仲は悪くはなかった。ただ、父親は滅多《めった》に喋《しゃべ》らず、いつでも明るくふるまう母親とは似合いとは思えなかった。

父親は昭和《しょうわ》二十三年生まれ、いわゆる団塊《だんかい》の世代だ。学生時代に反戦の集いに参加して警察のやっかいになったこともあるという。母親は父親より五歳若い。

「恭司のファイティングスピリッツは父さん譲りかもね」

母親がよくそう言っていた。

父親は小さな編集の会社を作り、社内報やタウン誌などを作っていた。その会社をたたみ、東京へ出ていった。以来十年、父親の顔を見ることはなかった。

母親は保険の外交で家計を支えた。一人っ子の恭司が特待生ということもあり、暮らしぶりは悪くなかった。しかし母親の負担を少しでも減らそうと、恭司は高校を出ると企業チームへ入った。勉強が好きではなかったので母子家庭でなくとも同じ選択をしただろう。父親が消えて多少の寂しさはあったが、恭司に不自由は一切なかった。母親が変わらずに朗らかなことも有り難かった。

恭司は手紙を抜き出した。

封書に住所はなく、消印は杉並《すぎなみ》だった。

入院したとき、父親から連絡があるのではと思っていた。

事件はベタ記事にもならなかった。しかし、父親が恭司のことを気に掛けていれば、トラブルは分かるはずだ。

今までに二度、手紙をもらっていた。

高校を卒業して就職したとき。二十歳《はたち》になったとき。どちらも短い励ましの手紙だった。

恭司は父親からの連絡を心待ちにしていたのだ。

青インクの角張った文字が並んでいる。

引退はアイスホッケーの専門誌で知った、という一文で始まっていた。

苦労をかけただとか、母さんに申し訳ないとか、相変わらずそういった言葉はない。父親らしい。以前の手紙には自分のことは書かれていない。だから恭司は父親がどういう仕事をしているのか知らない。

恭司は当時の父親の顔を浮かべ、文面に没頭した。


前の手紙から五年経っているとは思わなかった。元気でやっていることは耳に入る。ありきたりな表現になるが、恭司のようなトップの選手は星のようなものだ。活躍がどこからでも見える。

二十五歳、男としていい季節だと思う。

こんなことを言う資格は私にはないのかもしれないが、思ったことを書くので少しだけ付き合ってもらいたい。自分のことをあれこれ書くが、これも私の息子として生まれたしがらみだと諦めてくれ。

私の青春は、学生運動一色だった。

いつでも何かと戦っていた。思い出す風景は、いつでも埃《ほこり》っぽい。いつでも同じ服を着て、埃っぽい町を歩き、安酒を飲んでは仲間と議論を繰り返していた。

学生運動をしていれば、まともな就職はできない。それでも良かった。後悔はしていない。

熱くて、面白い時代だった。

恭司が中学に上がった頃だったか。チームのレギュラーになったな。

私はスポーツには縁がなかったが、懸命に氷の上を滑る恭司の姿を見て、いいなと思った。昔の学生は立てこもっていたが、今は引きこもりが問題になっている。勝手なもので、どっちも親の身になれば嫌なものだ。だから、スポーツで汗を流し、エネルギーを発散し、いい友達をたくさん作るのはいいことだと思った。

一度、リンクに練習を見に行ったとき、中学の監督と話した。

監督は恭司を誉《ほ》めた。

教えたことを早く正しく理解し、実行できる。とても従順な子です。

監督はそう言った。

嬉しかったけれど、私は複雑な気持ちで監督の話を聞いていたんだ。

従順――。

なるほど、そうかと思った。

スポーツをやるのなら、コーチの教えに従順であれば早く伸びる。どんな種目でもそうだろう。言われたことをきちっとできることは、一種の才能だ。それに、技術の習得だけでなく、人間関係も従順さが大事になる。チームスポーツならば従順でなければレギュラーになれないだろう。

スポーツで頭角を現す男は、必ず従順な心を持っている。目上の言うことに従順。決められた制度に従順。自分が置かれている情況に従順。だから、企業は運動部の学生を採りたがるんじゃないかな。

ここで私自身のことを考えると、もう、まるっきり正反対だった。

先生に反抗し、体制に反抗し、情況に反抗し、自分自身にも反抗した。ルールというものすべてに反抗しているようなところがあったから、スポーツは嫌いだった。今の若者から見れば偏屈《へんくつ》に思えるだろうが、当時はそういう連中がいっぱいいたから、生きづらかったわけじゃないんだけどな。

そんな私の息子が、従順だと誉められたから、複雑な気持ちになってしまったんだろう。

ここからが本題だ。

従順であることは、決して悪いことではないと思う。

ただし、特にスポーツ選手が、その道で一流になるのなら、いつかは従順さが壁になる。ある時期が来たら、従順なだけではダメなんじゃないか。

世界中を見てみろ。いろいろなスポーツの超一流を。ものの見事に自分勝手で傲慢《ごうまん》で、監督が匙《さじ》を投げるほどに頑固だろう。

思うに、彼らは従順だった季節を経て、どこか突き抜けている。従順さで培《つちか》ったものを土台にして、自分の頭で考え、模索し、選《え》り抜き、超一流になったんじゃないか。

スポーツ選手は、特に選ばれた者は、そうあるべきじゃないか。

恭司はどうだろうか。

中学から今の今まで、アイスホッケー選手として、ゴールキーパーとして、ずっと従順にやってきたのなら、それはもったいないことだと思った。

恭司はトップリーグのチームでゴールを守った男なのだ。

もし従順なままで引退したのなら、いつか後悔することになる。

もし三十代、四十代でそう思うようなことになれば、残念ながらそのときには遅い。

なにしろ、恭司は私の息子なのだ。お前は、従順さの欠けらもない親父《おやじ》の息子なのだ。

一生を従順なままで過ごせるとは、とうてい思えない。

従順さに背を向けるのなら今しかない。

二十五歳の今、最後のチャンスのような気がする。

事情は分からない。だがもし、まだプレーができるのにスティックを置いたのなら、周囲の言葉に従順にならず、じっくり考えたらどうだろう。

プロ野球でもなんでも、周囲を無視するようにして引退を拒むベテラン選手が私は好きだ。彼らは長くスポーツを続けるうちに、従順さや潔《いさぎよ》さが邪魔になることを悟ったのだろう。もっとやれる。もっと伸びる。そういう感覚は、その選手、超一流選手だけにしか分からない。周囲がとやかく言うことではない。

東京で試合があるときには、ときどきはリンクに行っている。恭司がいなくなっても観戦は続けると思う。ひいきのチームはないが、アイスホッケーは純粋に面白い。これは息子がホッケー選手に育ったことの恩恵なのだろう。

アメリカ人が好むスポーツは点数の取り合いだ。バスケットにしてもアメフトにしても、点の取り合いになれば敗者を応援するほうも興奮できる。サッカーのようになかなか点の入らないストイックな展開は苦手なのだろう。しかし日本人は1対0や3対2という展開を好む。アイスホッケーは両方の長所が合わさっている。アメリカ人好みの速い展開ながら、なかなか点数が入らない。

いや、ゴールキーパーが頑張るから、点数が入らないのだろう。ゲームの主役はゴーリーなのだ。

勝手なことばかり言った。悔いの残らぬよう、いい季節を生きてくれ。

「この花なんだっけ？」

「キキョウかな？」

女子社員の弾んだ声で恭司は我に返った。

恭司は深く息をつき、紫の花びらを見つめた。

初めて父親が自分のことを書いてきた。文面から父親なりの覚悟が読み取れた。

そのとおりだった。

自らを顧みれば、まさに従順な人生だった。目上の言うことは決して間違っていない。それをきちんとこなしていれば認められる。そうやってここまで来た。

父親の言うことは分かる。

たしかに、自分の身の振り方は潔過ぎるかもしれない。

だが、チームスポーツというのは本来そういうものではないのか。父親が言う「超一流」とは、恐らく野球選手のことを指している。野球はピッチャーとバッターの一騎打ちのような側面もある。アイスホッケー選手にはあてはまらないのではないか。父親の指摘は、的を射ているとは言えない。

恭司は首を振った。待っていたはずなのに、気持ちを乱す便りだった。

これまでにはなかった感情が湧き上がってきた。

今さら、なにを偉《えら》そうなことを。自分でも書いているように、親父に従順云々《うんぬん》などと言う資格なんてないじゃないか――。

好き勝手に生きていれば、従順なんてことには無縁でいられるかもしれない。しかし自分は違う。場面場面で真剣に考え、しっかりとやってきたのだ。

そういうことが、生きていくということじゃないのか。

自分は今まで、会社にどれだけ世話になってきたか。高卒で社会に出る不安を、アイスホッケーが救ってくれた。チームの先輩は自分に厳しく、しかし新人には優しかった。チームの空気について行くだけで成長できるように思えた。ゴーリーのスキルの八割は社会人になって身に付けたのだ。引退すれば会社に恩返しするのが筋だ。クビにならないだけ恩の字ではないか。

花壇の花を見つめていた恭司は、笑い出してしまった。

「普通は逆じゃないか」

息子が道を逸《そ》れたときに、「しっかりしろ、社会に従順になれ」と諭すのが親だろう。それがどうだ。父親は「従順になるな」と言っている。

笑い声を出してしまうと、不思議と胸のつかえがとれた。

いや、と恭司は思う。

俺はちゃんと父さんの血を受け継いでいるじゃないか――。

中学のとき。野球かアイスホッケーか、どちらかを選ばなければいけなくなったときだ。

なぜ自分はアイスホッケーを選んだのか。

主役感の大きさだ。

アイスホッケーはゴールキーパーの存在が絶対である。オフェンスとディフェンスのセットはしょっちゅう交替するが、ゴールキーパーはずっと氷上にいる。チームスポーツでありながら、自分が完璧ならば試合に負けることはない。打たれなければ負けないエースピッチャーの気持ちに似ている。

自分さえしっかりしていればいいと思い定めると、チームメートのミスなどはまるで気にならなくなる。自分が絶対的な存在になったような気がした。これは、味方のエラーで失点することもある野球のピッチャーにさえもない感覚だろう。チームスポーツなのに、人のことを気にしないでいい唯一のポジションではないか。

ただし、厳しいことばかりだった。

サッカー、ハンドボールなどのゴールキーパーも辛《つら》いポジションだろうが、恭司はアイスホッケーのゴーリーが最も苛酷《かこく》だと思う。

まず、フィジカルな激突が茶飯事だ。スピードに乗っている分、アメリカンフットボールやラグビーの激突よりも苛烈《かれつ》なのではないか。しかも理不尽なことに足元には滑るためのスケートシューズを履いている。ぶちかまされて吹っ飛ばされていてはゴールは守れない。なにがあってもゴール前から離れない。そんな気合いを漲《みなぎ》らせなければ務まらない。

一瞬たりとも気が抜けない。サッカーならば、敵陣でのコーナーキックのとき、自陣のゴールはまず安全だ。速いカウンターがあると言っても、フィールドが広いから時間的な余裕がある。しかしアイスホッケーは二度もまばたきをすればパックが飛んでくる。さらに、サッカーはナイスシュートを放たれれば防ぎようがない場合もある。しかしゴールの小さいアイスホッケーのゴーリーには一切の言い訳が許されない。

責任が重い。重すぎるポジションだ。

ゴール前に立つ度に、「俺は氷上の豪傑だ」と恭司は思った。

中学のころに愛読した中国の歴史漫画のひとコマが恭司の目に焼き付いている。いくつもの矢を身体に受け、針鼠《はりねずみ》のようになりながらも倒れない。仁王立ちし、不敵に笑う豪傑。そのカッコよさといったら！　鎧《よろい》をまとう豪傑に、恭司は氷上での自分の姿を重ねた。矢はゴール目掛けて放たれるパックだ。矢が自分に刺さればゴーリーの勝ちだ。「パックの矢よ、俺に突き刺され」と恭司は思った。

恭司は漫画のコマを切り取り、下敷きに入れた。高校のときには生徒手帳に挟み込んだ。練習の厳しさに音《ね》をあげそうになったとき、豪傑の笑みを見て気合いを入れたものだった。

「とても従順なだけじゃできないポジションだよ。そのへん、親父は分かってないな」

恭司は声に出して手紙を折り畳んだ。

宵、誘われた酒席もすべて断った。

食事も摂らずにワンルームマンションに戻り、狭い部屋には不似合いな一人用のソファーにもたれた。もう一度、父親の手紙を読み返す。ゴール前で腰を沈めるように、深く深く、思いに入り込んでいった。

3

六月に入った。梅雨《つゆ》に入る前の、澄んだ空気の一日だった。

恭司は会社を辞めることにした。

悩み抜いて出した結論だ。誰にも相談しない。ひたすら自分と向き合って決めた。

辞表を出す前、咲季を昼食に誘って話した。「これ、相談のつもり?」と咲季は呆《あき》れ顔をした。仕事のことは必ずなんとかする、と恭司は言った。

「言っておくけど、私は会社を辞めないからね」

恭司は頷いた。咲季の言葉の意味がすぐに分かった。恭司の故郷にも企業チームがある。そこへ転職できればアイスホッケーは続けられるし収入の安定も計れる。しかし咲季は北海道へは行かない、と言っている。

エースのゴールキーパーが高齢化している在京の企業チームがある。そこに移籍できればと恭司は思っている。

咲季がまた口を結ぶ。しかしすぐに表情を緩めた。

「三つのうち、一つくらい消えてもいいか」

そう言って咲季は席を立った。

ドライブしたとき、咲季は「二つのうち一つ」と言った。それが三つになっている。咲季の思い切りを思い、恭司は頷いた。

辞表を出すとき、上司にはアイスホッケーを続けたい旨を話した。一応翻意を促されたものの、辞表は受理された。

チームにも挨拶《あいさつ》に行った。監督とソファー席で向かい合った。どこへ行く？　と監督は訝《いぶか》しげに聞いてきた。決まっていないと言うと、声を上げて驚いた。「次のチームが決まってから動けばいいのに」と言った。恭司は心の中で首を振った。それでは、次のチームが決まらなければ会社を辞めない、ということだ。

監督は腕を組んでしばらく宙を見上げ、「考え直せ」と言った。

「現役でいたいお前の気持ちも分かるけど、じゃあ、あと一、二年、上がるのが遅れたところで、どうだって言うんだ。早まるな。上がった選手に、ウチ以上に手厚い会社はないぞ。氷に未練があるんなら、コーチとしてチームに残れ。上にはオレが通しておくから」

ふっと恭司の背が冷たくなった。監督の口調はいつもの厳命調ではない。現役時代の、兄貴分のような雰囲気だった。それが不気味に思えた。

恭司は息を呑み込んで顎《あご》を引いた。

まさか、恭司が会社を辞めるとは思っていなかったのだろう。監督自身が言っていたこと――ゴールキーパーの移籍はチーム事情の漏洩《ろうえい》とイコールだ。それを気にしている。コーチとして残れだなんて、つまりは飼い殺しではないか。

いや。恭司を御し切れなかった管理能力を上層部に取り沙汰される。監督としての失点を怖れているのだ。

「そのほうがいいに決まってるだろ。行くあてもないんだからな」

「もう決めたことです」

恭司は目に力を込めた。

「お前は……」

沈黙が続いた。

恭司は頭を下げ、立ち上がった。そして用意してきた言葉を放った。

「オーナーの言葉に、監督も従順だったわけですね」

監督は絶句したままだった。恭司はもう一度頭を下げ、監督室を出た。

業界はリンクのように狭い。すぐに北関東にあるクラブチームから連絡が入った。企業チームではなく、毎年プロ契約となる条件だった。契約期間はシーズン中だけなので、収入は減る。春から夏、アルバイトをする部員も多かった。

それでもいいと思った。恭司は自分の気持ちを話し、新しいチームへ世話になることにした。

やはり自分は従順なのだ。

父親の言葉に従ったではないか。

ただし、悩みに悩んで踏み出した。それが今までとは違う。

新しい環境には一日で慣れた。前チームとは違い、選手層が薄い。ゴールキーパーの負担がさらに増えることは間違いなかった。今まで以上に自分を追い込まなければいけない。そんな思いが身体中を熱くさせた。

チーム力は劣る。それでも恭司の気持ちは充実していた。

気持ち――。

スポーツで突出した人間は例外なく気持ちが強い。そしてそれは、挫《くじ》けるたびに強くなる不思議なものだ。

恭司はアイスホッケーの他には大相撲《おおずもう》が好きだ。横綱《よこづな》、大関《おおぜき》の大半は怪我なり病気なりで雌伏《しふく》の時があり、そこからはい上がっている。一時でも土俵を離れると、相撲を取れるありがたさが身に染みるという。それまでの稽古への取り組み方を真摯《しんし》に省みる。真剣さに欠け、漫然と汗を流していたこともある。自分だけが知るごまかしようのない事実だ。怪我で相撲が取れなくなってしまったのは、相撲への不忠義と猛省する。そして死に物狂いで稽古することを誓う。

リンクを離れたとき、リンクへの思いが一層強くなる。

考えてみれば、ケガや病気が原因で「上がれ」と言われたわけではない。激痛と戦うこともなく、リハビリに長い時間を費やすこともなく、気持ちの強さを手に入れることができた。

気持ちの大切さを、恭司は身に染みて分かったような気がした。

チームオフィスの小さな庭には、いつか見た紫の花が植えてあった。キキョウだ。恭司は妙に気になり、オフィスのパソコンでキキョウをネット検索してみた。載っていた花言葉を見て、思わず口角を上げげた。花言葉は「誠実、従順」だった。

ブザーの余韻の中、フェイスオフのパックが相手に渡った。

7番のウイングがパックをキープして右に流れた。恭司との間にディフェンダーが二人。恭司は左を走る3番を左目の端でとらえた。7番が強引に切れ込んでディフェンダーを攪乱《かくらん》し、3番にパックを戻してロングシュート。恭司は瞬時に相手の攻撃を予測した。

フェイスガードに激痛が走った。

ディフェンダーの肩ごしにパックが飛んできた。

7番がいきなり打ってきたのだ。パックがリンクに落ちる寸前、恭司は左手のグラブで捕らえ、うずくまった。

ホイッスルが鳴った。

「ナイス・セーブ！　キョージ！」

応援団が沸いた。

恭司の全身が熱くなった。思う間もなく左に数センチ、顔を寄せていた。よく反応できた。

顔が燃えるように熱い。

パスを振ることもせず、ストレートにシュートを打ってきた。

舐《な》められたか。

あるいは――。

一度、陸に上がった恭司のゲーム勘のキレを試されたか。

白ユニフォームの五人が滑ってくる。恭司のニーパッドをスティックで叩く。好守を讃《たた》えている。

恭司はフェイスガードを揺さぶってパックの感触を顔から消した。リンクに背を向け、ゴールネットに付けてあるウォーターボトルの水で口を湿らせた。

ふと視線を上げると、客席のブラウンのダウンパーカーが目に入った。母親が応援に来ている。目が微笑んでいる。

恭司はすぐにリンクに向き直った。

一瞬目に入った客席。ダウンパーカーから少し離れて、スタジアムジャンパーを羽織った初老の男がいる。

まさか、親父か？

一瞬そんな思いが過り、恭司は口元を緩めた。

そんなことは、今はどうでもいい。
そうつぶやいて氷上に意識を戻す。
フェイスガードを下ろし、恭司は大きく低く構え直した。

# バトン

五十嵐貴久

Takahisa Igarashi

五十嵐貴久
（いがらし・たかひさ）

1961年東京都生まれ。成蹊大学文学部卒業。出版社に在籍中の2001年、「リカ」で第二回ホラーサスペンス大賞を受賞しデビュー。著書に『交渉人』（幻冬舎文庫／新潮社）、『1985年の奇跡』『2005年のロケットボーイズ』（ともに双葉文庫）、『相棒』（PHP研究所）、『年下の男の子』（実業之日本社）、『誘拐』（双葉社）、『土井徹先生の診療事件簿』（幻冬舎）、『パパママムスメの10日間』（朝日新聞社）、『ダッシュ！』（ポプラ社）などがある。

# 1

あたし、浅倉恭子《あさくらきょうこ》、十七歳。今年の九月で十八歳になる東京の朋陽《ほうよう》って私立高校の三年生。身長百六十センチ、体重四十八キロ。スリーサイズ、秘密。友達、まあまあ多い方。彼氏、いる。同じ陸上部で、同級生の川島昭一《かわしましょういち》。一年の時から仲がよくて、あたしは最初からちょっと意識していた。

昭一は背が高くて、百八十センチもある。タイムもよくて、入部した直後からレギュラー候補だった。かなりカッコイイ。それでいて、すごく練習熱心。努力家。笑うと、真っ白な歯がすごくきれいだった。

仲はよかったけど、女の子として意識されてる感じはなかった。陸上部の、同じ一年生の仲間。それだけの関係だと思ってた。だから、二年になる直前の三月、俺たちつきあわないか？　って言われてすごいびっくりした。

何でって思ったけど、断る理由なんてなかった。ていうか、昭一とつきあえたらいいなって思ってたから、すごい嬉しかった。

それまでに、メアドと携帯の番号は交換しあってたから、連絡とかはカンタンだった。それから、部活の帰りや、休みの日なんかに会うようになった。

「陸上部の人とか、クラスの友達とかに話す？」

つきあうようになってからしばらく経った頃そう聞いたら、自然にしてればいいんじゃないの、って言われた。別に言って回るようなことじゃないのは、あたしにもわかってたから、昭一の言う通りにした。

そのうち、だんだんみんなも気づくだろう。冷やかされたりするかもしれないけど、堂々としてればいい。そう思った。

あの頃、毎日がすごく楽しかった。陸上部の部活は月曜から金曜まで、毎日ある。だから必ず昭一とは顔を合わせることができた。昭一の影響で、あたしも一生懸命練習するようになったし、記録も少しずつだけど伸びていった。

遊びに行ったりすることも、たまにあったけど、そういうのってうまく二人のタイミングがあった時だけ。でも、それで十分だった。

高校生だから、あんまり遠出はできない。二人でお茶を飲んだり、映画を見に行ったりするぐらい。それだけでよかった。

ちょっと健全すぎたかもしれないけど、あたしたちはそんなに急いでいなかった。ゆっくりと親しくなっていけばいい。そう思っていた。

それは昭一も同じだったと思う。あたしたちが初めて手をつないだのは、二年の六月頃だ。最初はすごく照れ臭かったけど、そのうちだんだん慣れていった。あたしの方から手をつなぐようになったりもした。昭一の手は大きくて、あったかくて、力強かった。

初めてキスをしたのは、そのひと月半ぐらい後、陸上部の夏合宿の時。それまでも、そんなフンイキになることはあったけど、何となくできないままでいた。

だけど、やっぱり夏合宿って特別だから、結局そういうことになった。あたしは本当にファーストキスで、何かくすぐったいっていうか、でも嬉しい、みたいな、そんな感じだった。

2

私立高校の体育会系のクラブは、大きくいって二つに分かれる。要するに、強いか弱いかだ。本当かどうかは知らないけど、朋陽高校陸上部もかつては強かったらしい。でも、それは相当昔の話で、今では並みかそれ以下だ。

それはうちに限った話じゃない。結局、強い選手は強い高校に集まる。天才的な選手が何かの気まぐれで入学してこない限り、都大会どころか地区大会の決勝に出ることさえ夢のまた夢だ。

でも、やっぱり何か目的がないとつまらない。そういう生徒達からの声に、三多摩《たま》地区の私立高校の校長や理事長などが集まって、会議をしたのは十年ぐらい前のことだそうだ。その結果、十校の私立高校がスケジュールを調整して、五月の連休明けの最初の日曜に、十校合同で体育祭を催すことが決まった。

野球、サッカー、バレーボール、バスケ、卓球、そういう種目のひとつひとつについてトーナメント戦を行い、その年の優勝校を決めるというわけだ。当然、陸上部もその中に含まれている。

陸上部についていえば、いくつかの種目があったけど、マラソン、百メートル走、そして男女混合の千六百メートルリレーの三つがメインだった。マラソンについては説明する必要がないだろう。四十二・一九五キロを長距離専門のランナーが走る。ただそれだけだ。

百メートル走も同じだ。各校から選抜された一名の選手が予選を行い、最終的にはその予選タイムの上位五名によって決勝戦が行われる。

説明が必要なのは千六百メートルリレーだろう。男女二人ずつが選手となり、各選手が四百メートルずつを走る。予選は二回あり、五校ずつが競走し、決勝はタイムの早い順に上位五チームで争われる。

各校ともそうだけど、この体育祭までは三年生が参加できる。逆にいえば、三年生にとってはこれが最後の公式試合ということになり、部活から引退しなければならない。これが最後だ、という意識は誰の心の中にもあったはずだし、もちろんあたしたちもそうだった。

陸上部の場合、秋を過ぎ、冬に入った頃、半年後に控えたこの体育祭のための練習が始まる。よほどいいタイムを持っていれば別だけど、四月に入ってくる一年生は基本的に参加しない。最上級生である三年生が主力となり、二年がそれをサポートする。それが毎年の慣例だった。つまり、その時二年生だったあたしたちの代が、四月になれば三年生になるのだから、あたしたちがメインのメンバーということになる。

年が明けた二月、それぞれの種目の代表選手を決める選考会が行われた。マラソン、百メートル走、ハードル、そんな種目の選手が次々に決まっていった。

そしてあたしと昭一は千六百メートルリレーの選手として選ばれた。あとの二人は、一年生の柿崎《かきざき》って男の子と、若林優《わかばやしゆう》というあたしたちと同じ二年生の女の子だった。

柿崎はむらがあるけど、調子がいい時は好タイムを出すことのできるスプリンターだ。もともと短距離専門の選手だったから、あんまり心配することはなかった。むしろ問題があったのは優の方だろう。

一年生の時入部してから、優は長距離しか走っていなかった。粘り強く、努力家のその性格は確かに長距離に向いていたと思うけど、優よりいいタイムを持っている女子部員がいたこともあって、彼女は千六百メートルリレーの選手になった。

ある意味で数合わせみたいなところもあったかもしれない。本人もそれを自覚していたのだろう。あたしたち三人とは一定の距離を置いて、そこから踏み込んでこようとはしなかった。気持ちはわからなくもない。四百メートル、というのはランナーにとって短距離走ということになる。そして長距離と短距離は、走るという意味では同じだけれど、実際にはテニスとバドミントンぐらいに違う。フォームやピッチ、その他すべてが違うといってもいいくらいだ。

だから優はリレーの選手として、学ばなければならないことがたくさんあった。もちろん、彼女もそれはわかっていたのだろうけど、体が納得していないというか、四百メートルという距離なのに、どうしても長距離のフォームで走ってしまうことがよくあった。決して積極的な性格とはいえない優が、どうしても遠慮がちになってしまうのは仕方がないことだったのかもしれない。

でも、短期間のうちにそれをすべて矯正するのは難しいけど、簡単なレベルでなら直すことは可能なはずだった。例えば腕の振り方とか、脚の使い方とか、そんなことだけでもタイムは伸びる。

最初のうちは、女同士ということもあって、あたしが優に教える形になっていたのだけど、やってみたら、逆に難しいことがいろいろ出てきた。もともと、部内でもあたしと優はそれほど仲が良かったわけじゃない。

言いたいことははっきり言ったり、調子に乗ってみんなと騒いだりするあたしと違って、優はどっちかっていったら地味で、おとなしくて、真面目《まじめ》で、例えば最後の最後までグラウンドに残って練習しているような、そんな子だった。

優があたしに教えるというのならともかく、あたしが優に何かを教えるのは難しかった。それに、女同士だとあんまり強いことも言えない。

そんなこともあって、昭一が優の指導をすることになった。昭一は性格的にもコーチ役が向いていたし、それまでも下級生に教えたりするのは彼の役目だった。そして優も昭一の言うことは素直に聞いていたし、その指導に従って走り方を矯正していくようになっていた。

それ以外は順調だった。あたしは最後の体育祭に昭一と一緒の種目で走ることができて、すごく嬉しかった。

一緒に走れる。練習ができる。そしてこれが最後の公式戦だ。あたしは昭一との思い出をたくさん作りたかったし、それにもっともふさわしいのがこの体育祭だということもわかっていた。

最初のうちは個人練習だったけど、リレーのチームとしての練習が始まったのは三月の頭の頃だ。一人一人の走りをうまく結び付けていかなければ、いいタイムは出ない。あたしたちは少なくとも決勝には残るつもりだったから、練習は自然と厳しいものになっていった。

3

練習はずっと続いた。そして春になり、四月、あたしたちは三年生になった。

四月の半ばから数日間にわたって三多摩の地区大会があったけど、うちの高校は全滅と言っていいだろう。決勝まで残ることができた選手は一人もいなかった。

そして地区大会が終わると、いよいよ五月の連休明けにある合同体育祭以外に目標はなくなっていた。この体育祭が終われば三年生は引退しなければならない。あたしたちの練習にも熱が入っていた。

あたしたちが走る千六百メートルリレーについては、個人の走力はもちろんだけど、戦略という要素もある。戦略というとちょっとおおげさかもしれない。要するに走る順番だ。

常識的には、最も早いタイムを持つ選手がアンカーとなり、その次に早い選手が一番目に走る場合が多い。最初の走者がリードを奪えば、他校の選手は気力を失うし、次に走る選手にも精神的に微妙な影響を与えることができる。

四百メートルというのは、短いようで長い距離だ。ちょっとしたことで数秒の差をつけることも可能だった。

もちろん、これはひとつの例だ。学校によっては一番最初にエースというべき選手を出してくるところもあるだろうし、タイムの遅いランナーから順番につなげていくという場合もあるだろう。

作戦はそれぞれ学校によって違うし、状況によっても変化する。レース直前まで、メンバーチェンジも許される、というのがこの千六百メートルリレーの面白いところだった。

あたしたちについていえば、まず第一走者が柿崎というのは決まっていた。柿崎はうまく走れた場合、爆発的な好タイムを出すことができた。運がよければ、他校に対して数秒の差をつけることができるかもしれない。

そしてアンカーは昭一だ。あたしたちの中では一番いいタイムを持っているし、常にそのスピードは安定していた。他校のエースたちと比べても、遜色のないランナーだ。

二番手と三番手はあたしと優のどちらかということになる。まだ決める必要はなかったけれど、最終的にはタイムのいい方を二番手とするのが既定方針だった。なるべくなら、最初の方で他校に差をつけておくのが、千六百メートルリレーのセオリーだ。

一応、今のところはあたしが二番手として走るということで練習は行われていた。本格的な走力という意味で、優とあたしはほとんど互角だったかもしれないけれど、今の段階ではあたしの方が速かった。

本番でどうするか、それはその時の二人の調子で決めよう、と昭一が言った。あたしたちは素直にその意見に従うことにした。

4

合同体育祭に出場する選手は、陸上競技の場合、各校十人と決められていた。どこの学校も三年生が多いけど、ずばぬけたタイムを持っている選手なら、一年でも二年でも出場できる。朋陽高校の一年にそこまでの選手はいなかったけど、柿崎みたいに二年生でも出場する選手はいた。最終的にエントリーされたのは、三年生が七人、二年生が三人だった。

いつでもそうだけれど、陸上部の練習って単調だ。柔軟体操、ストレッチ、ウォーミングアップ、速歩に近いレベルでの二キロのランニング。その基礎練習が終わると、それぞれの種目に分かれて、それぞれが練習を始める。

昭一は大変だったと思う。あたしたちのリーダーは昭一だったから、自分のことだけじゃなくてあたしたち全員のことを見ていかなければならない。

そして優をコーチするために、自分の練習時間を割かなければならないことも多くて、時にはグラウンドに出ても全然走らないことさえあった。自分の練習よりも、チームのバランスを取ることが昭一にとっては重要なことになっているようだった。

あたしは昭一とつきあってることを、誰にも言ってなかったけど、あたしたちの仲がいいのはみんな知っていた。柿崎は一年生の時からお調子者で有名だったから、チームにすんなり溶け込んでいたけれど、どうしても優は浮いてしまうことになった。

たぶん、彼女は真面目すぎるのだろう。わがままっていうんじゃなくて、アドバイスとかをされても、今までの長距離の走り方に固執するあまり、それを素直に受け入れないことも多かった。だから昭一は優に対して気を遣い、何事についても優を優先するようになっていた。

柿崎に対しては、死んだ気になって走れとか、四百メートルぐらい無呼吸で走れとか、そんな無茶な命令を下したり、あたしには自分のペースを守ることとか、腕をもっとうまく使えとか、そういう簡単なコーチしかしてくれなかった。昭一は余った時間を優を指導することに使うようにしていた。

ある意味で、それは当然のことだった。長距離専門のランナーに、いきなり四百メートルという短距離走法を教えるのは、かなり難しい。優は長距離のための走り方が体に染み付いていたから、その癖を直すためにも、ひとつずつ丁寧に教え込んでいかなければならなかった。

「恭子のことは信頼してるから」

あんまり昭一が優にばかりかまっていることに、あたしがちょっと不満めいたことを言った時、彼はそんなふうに言って慰めてくれた。

「柿崎はもう最後までとことん追い詰めていくしかない。あいつならそれに耐えるだけのガッツはあると思う。恭子は今までやってきた短距離走のスキルがあるから、それを生かせばいい。だけど優は短距離自体初めてだし、どうしても全部見てやらなきゃならない。お前はもう自分のやるべきことがわかってる。だから、安心して見ていられるんだ」

確かに、あたしの目から見ていても、優はちょっと気を許すとすぐに長距離の走法に戻ってしまうことがあった。昭一が優のコーチを優先するのは仕方のないことだ、とあたしは自分を納得させていた。

合同体育祭まで、それほど時間はなくなっていた。これが最後の公式戦だ、という意識はあたしたち三年生全員にあった。グラウンドでは昭一といつも一緒だったけど、休みの日とかに会うことはなくなっていた。

別におかしな話ではなく、陸上部に限らず体育祭に参加する運動部系の選手だったら、それは普通のことだっただろう。特に陸上部の場合は個人練習が主なので、土日は決められた合同練習日以外は自己練ということになっていた。

ただ、昭一にメールを送っても、その返信が遅かったり、時には何も返してこないということが増えていたのは、少し不安だった。携帯に電話もかけてみたけど、出てくれることもめったになくなっていた。なぜだろう、という思いもあったけれど、練習をしているんだろうな、と思うようにしていた。

あたしだって、自主練習で走り込みをしたり、やるべきことはたくさんあった。そういう時、クラスメイトから電話やメールがあっても、気づかないことは少なくなかった。きっと昭一もそうなんだろうって思った。

全部、体育祭が終わればすべてが元に戻る。あたしはそう考えていた。

でも、それは間違いだった。しつこいとか思われてもいいから、とにかく連絡だけは取るべきだった。疲れているだろうから、というような変な思いやりが、その後何もかもをおかしくしてしまったのなら、もしかしたらすべてあたしの責任だったのかもしれない。

# 5

土日の学校のグラウンドの使用は運動部のなかで交代制になっていて、陸上部が使えるのは月に一、二度ぐらいの割合だった。だから、使えない時はあたしはちょっと足を伸ばして、市営グラウンドへ行くことにしていた。

自分なりのウォーミングアップをしてから、最初はゆっくりと、体が慣れるまで走る。だんだん体が温まってきたら、ダッシュなどを織り混ぜながら走る。それは単調で、退屈ですらあったけれど、陸上競技の練習って、そんなものだ。

二時間ぐらいそんなふうに練習を続けて、最後の三十分ぐらいはとにかく走り続ける。短距離にしても長距離にしても、必要なのは最後まで諦めない精神力だ。体が汗まみれになっても、あたしは走るのを止めなかった。

持っていった一リットルのポカリスエットが空になるのを合図に、あたしは練習を終える。赤のジャージ、グレーのタンクトップ。汗だらけの体を冷やさないように、上からウインドブレーカーをはおって帰るのが、その頃のあたしの習慣だった。

その日、あたしがまっすぐ家に帰らず、駅の方へ行ったのはなぜだったのだろう。母から買い物を頼まれていたからのような気もするけど、よく覚えていない。

駅の近くにあるファストフードショップで、昭一と優が楽しそうに話しているのを見た瞬間から、頭の中が真っ白になっていた。

何？　何なの？　練習してるんじゃなかったの？　何でお茶なんか飲んでるの？　そんなに楽しそうに。

昭一の話に相槌を打ちながら、優が手を叩《たた》いて笑っていた。いつもの優とは全然違う表情だった。昭一は昭一で、嬉しそうにずっと何か話し続けている。どういうこと？

頭の奥の方で、何かが凄まじい音をたてて鳴っていた。どれぐらい、話している二人をガラス窓越しに見ていただろう。五分か、十分か、それとも三十分か。

気がつくと、あたしはファストフードショップのドアの前にいた。自動ドアが開く鈍い音がした。いらっしゃいませ、という声が聞こえたけど、無視して奥へと進んだ。

最初にあたしに気づいたのは優だった。顔色が変わったのがよくわかった。どうした？　とその様子を見ていた昭一が振り向いた。目が合った。

昭一の口から小さなため息が漏れて、それから目を伏せた。それがすべてだった。

# 6

無言のまま、あたしは二人と連れ立って店を出た。あてがあったわけじゃない。三人でしばらく歩いてると、小さな公園があった。その中に入っていったあたしの後に、二人がついてきた。

その公園の中央で、あたしは振り向いた。二人も足を止めた。黙ったまま、しばらくあたしたちは見つめ合った。ゴメン、と昭一がつぶやいたのは、それからしばらく経ってからのことだった。

「ゴメン……そんなつもりじゃなかったんだ」

「……どういうことなの?」

そう言いながら、自分の唇が震えているのがよくわかった。そんなつもりじゃなかったんだ、と昭一が繰り返した。優はあたしの方を見ないように、ただ顔を伏せていた。

「全然、そんなんじゃなくて……ただ優はもっと練習が必要だと思ってたんだ。そんな時、彼女の方からも教えてほしいって言ってきて……」

「それで？」

「……彼女はすごく熱心で、一生懸命だった。合同体育祭のために、頑張ろうとしていた。だから、教えたり、一緒に練習することが多くなって……」

「それで一緒にお茶を飲んだり、あんなに楽しそうにお喋《しゃべ》りするようになったわけ？　練習もしないで、デートしてたってこと？」

「そうじゃない。練習はしていたんだ。だけど、その帰りに、どっちからってわけじゃないけど、お茶とか飲んでいこうかってことになったり、そんなふうになって……今日だって、朝からずっと二人で練習をしてた。一段落ついて、それでちょっと休憩しようかって……だから、あそこにいたんだ」

「今は……優とつきあってるってこと？」

「体育祭が終わったら、恭子には話さなきゃって思ってた……」苦しそうな声がした。「そうだ……今は……そういうことになる」

そう、とあたしは言った。自分でも驚くぐらい、冷静な声だった。

「わかった。あたし、体育祭には出ない。退部する」

「待てよ。本当に悪いと思ってる。だけど、それとこれとは……」

もう決めたの、とあたしは首を振った。走ることなんてできない。

大事なのはチームワークだ、と昭一はいつも言っていた。その通りだ。でも、それを何もかもぶち壊しにしたのは、昭一と優だ。

ゴメン、と昭一がもう一度言った。そんな言葉、聞きたくなかった。

立ち尽くしている二人を残して、あたしは公園を出た。一度も振り返らなかった。振り返りたくなかった。

# 7

それからあたしは部活に出るのを止めた。もちろん、練習もだ。目標がないのに走るなんて、そんなことできっこない。もう何もかもがどうでもよかった。

同じ学年の女子とか、柿崎とかからメールや電話があったけど、体調が悪いとだけ返事をした。それでも何度も電話をかけてきた柿崎に、詳しいことは昭一に話してあるから、彼に聞いてほしいとだけ答えて電話を切った。どういうふうに昭一が説明したのかはわからないけれど、それ以来電話はかかってこなくなった。

学校には毎日行った。休んでしまえば、何かに負けたような気がして悔しかったから。

時々、昭一や優と廊下ですれ違ったりすることもあったけど、あたしはいつも無視して通り過ぎた。あんたたちのことなんか、どうでもいい。関係ない、と胸の中でつぶやきながら。

陸上部の部長の坂上《さかがみ》先生から連絡があったのは、体育祭を約二週間後に控えた金曜日の夜のことだった。ずっと練習に出ていないようだが、何かあったのか、と先生が尋ねてきた。ちょっと足を怪我してしまって、とあたしは言い訳をした。

「そうか、怪我か……どうなんだ、その……治りそうなのか」

先生の立場はよくわかった。うちの学校だけの問題であれば、気にする必要はないだろう。ただ、合同体育祭となると、ちょっと事情が違ってくる。

特に、今年の体育祭は朋陽高校が主催校だ。その主催校の生徒が土壇場《どたんば》になって千六百メートルリレーを棄権します、というわけにはいかないと先生が考えているのはよくわかった。ただ、あたしたち三年生にとっては、これが最後の合同体育祭ということになる。無理やり、辞退しろと言うわけにもいかないだろう。だからあたしは、自分の方から態度をはっきりさせることにした。

「治したいとは思ってますけど、どうなるかはわかりません。今回の千六百メートルリレーは、辞退しようと思っていました。すみません」

「いや、謝ることじゃない」

少しほっとしたように先生が言った。「怪我は誰にでもあることだ。とりあえず、今は治すことに専念した方がいい。お前の代わりの選手については気にするな。まだ一年の女子もいるし、どうにかなる」

大事にしろよ、と言って先生が電話を切った。そう、あたしがいなくたって、代わりはいる。あたしじゃなきゃ駄目な理由なんて、ひとつもない。何もかもが、そういうことなんだ。

それからも同じような毎日が続いた。部活に出ることもなく、練習もしなくなった。意味のないことをしても仕方がない。どうせ走る気はないのだから、それでよかった。

## 8

合同体育祭の三日前、柿崎から久しぶりに電話があった。あたしの代わりに、一年生の小山《こやま》加代子《かよこ》という女の子が千六百メートルリレーの選手として出場することになった、という報告だった。

「そう」

小山というその女の子について、あんまりよく覚えていなかった。速いの？　と聞くと、まあまあです、という答えが返ってきた。

「よかったじゃない。メンバーも決まって。頑張んなよ、柿崎。あんた、フォームはメチャクチャだけど、勢いだけはあるんだから。気持ちで走れば、四百メートルなんてあっと言う間だよ」

「先輩……怪我って、ホントなんですか？」

いきなり聞かれて、ちょっと答えに詰まった。嘘《うそ》なんですね、と柿崎が言葉を重ねた。

「ホントだよ。ホントに足が痛くて。たぶん、自己練のしすぎだと思うけど、足首が痛くて……走れない感じ」

「オレ、何回か見てるんです」柿崎が低い声で言った。「先輩が練習に来なくなってからも、ちょっとしたことで走ったり、階段駆け上がったり、そんなところ」

「そりゃ……少しぐらいだったらそんなには痛まないし。ただ、リレーに出るみたいなことはちょっと無理っぽいってこと」

一応、念のためというわけではないけれど、体育の授業は休んでいた。ただ、次の授業に間に合うように走ったり、学校から駅までのバスに乗るために、駆け出したりしたことは何度かあった。柿崎が言っているのは、そんな時のことなのだろう。

「川島さんと……何かあったんですね」

確信があるような言い方だった。何も、と答えながらあたしは携帯を持ち替えた。何もない。昭一との間には何も起きていない。ただ、何かが終わっただけだ。

「先輩、オレ、詳しい事情とかよくわかんないし、川島さんと何があったのか、それもどうでもいいんですけど、走れるんだったら、走った方がよくないですか？」

「どうして？」

「先輩にとって最後の合同体育祭だからです。あれが終わったら、三年生は引退ですよね。だとしたら、最後に走っておかないと、すげえ後悔すると思うんすよ」

柿崎が淡々とした口調で言った。あたしだってそう思うよ、と答えた。

「だけど、怪我なんだからしょうがないじゃない。こんなんで走ったら、みんなに迷惑かけちゃうと思うんだ。だから、坂上先生にもそれを伝えて、辞退させてもらったの。それもやっぱり迷惑なのかもしれないけど、その小山って女の子に走ってもらった方がまだいいと思うんだ。柿崎だって、あたしが足を引きずりながら走るのなんて、見たくないでしょ？」

「見たくないっすね、確かに」柿崎の声が少し小さくなった。「だけど……今までのことを考えたら、やっぱりオレとしては先輩と走りたいっていうのが本音です。せっかく四人でここまで頑張ってきたのに、これじゃチームも何もないじゃないすか。小山だってかわいそうですよ。人数合わせみたいな形でリレーに参加するっていうのは、本人にとっても不本意だと思います」

「……チームワークなんて、最初っからなかったんだよ」

あたしはかすれた声で言った。え？　と柿崎が問い返した。

「何ですか？」

「チームワークなんてなかったって言ったの。あたしたち、別にチームじゃなかったってこと。柿崎、あんたが何を言いたいのか、わかるところもあるし、わかんないところもあるよ。でもね、もうあたし走れない。そんな気になれないの」

あたしが何を考え、何を思っているのか、柿崎に伝わっただろうか。あたしが体育祭に出ようと思っていたのは、昭一と走るためだったけど、もう彼はいない。少なくとも、あたしの隣にはいない。何もかも、どうでもよかった。

残念です、と柿崎が言った。それからも、言葉数こそ多くなかったけれど、柿崎はあたしを説得しようとした。

だけど、ホントに無理だった。柿崎の声を聞いているのが苦痛だった。ゴメン、とだけ言ってあたしは電話を切った。

# 9

体育祭の当日の明け方、目が覚めた。理由は何もない。ただ、深い海の底からぽっかりと浮かび上がるみたいな感じで、あたしは目を覚ましていた。意識はすごくはっきりしてた。ベッドサイドに置いてある時計を見ると、午前四時を少し回ったところだった。

なぜ目が覚めてしまったのだろう。たぶん、それは今日が合同体育祭の当日だからだ。あたしは、あたしのコンディションを、何カ月も前から今日に合わせて調整してきた。だからこんなにも早く目が覚めてしまったのだ。

しばらくぼんやりしていたら、五時になっていた。あたしは箪笥《たんす》の奥にしまっていた赤のジャージを引っ張り出して、それを着てみた。何週間ぶりだろう。

静かに部屋を出て玄関に向かった。鍵を開ける時、意外と大きな音がして驚いたけど、父も母も起きてくる気配はなかった。

あたしはランニングシューズを手に持ったまま外に出て、ゆっくりとドアを閉めた。そのまま玄関先で素足にランニングシューズを履いて、走りだした。

まだ朝が早かったから、それほど暑くはなかった。見上げると、そこにきれいな青空が広がっていた。

一キロほど走ると、市営グラウンドがあった。前から練習に使っていた場所だ。柔軟とストレッチを入念に繰り返してから、あたしは走りだした。すぐに背中を汗が伝うのがわかった。

グラウンドにいるのは、あたしだけじゃなかった。散歩をしているお爺さん、犬と一緒に走っている中学生、そしてジャージ姿の高校生もいた。もしかしたら、彼も今日の合同体育祭に出るのかもしれない。

でも、そんなのはどうでもいいこと。あたしは眠れないから走りにきた。ただそれだけの話だ。

グラウンドはだいたい一周三百メートルほどある。全力で走るつもりはなかった。ゆっくりと走っていれば、そのうち緊張が解ける。そうしたら家に戻り、シャワーを浴びてからまた眠ればいい。

本気で走っているわけでもないのに、こんなに汗が出るなんて。続けてないと無理なんだなって改めて思った。走る意思はあるけれど、体がついてきていなかった。

途中で一度休憩を取ってから、もう一度走り始めた。体が思い出してきたのだろう。最初の一周よりスピードが乗っていた。膝は高く上げる。腕は大きく振る。前傾姿勢を保つ。なるべくストライドは大きく。最後まで決して諦めない。

いろんなことが頭の中をよぎっていった。一年生の時、陸上部への入部を決めた日のこと。先輩たちがしてくれた歓迎会。そうだ、あの時初めて昭一と話した。ちょっといい感じって思ったのも覚えてる。

毎日の練習。地区大会の応援。二年上の先輩たちが合同体育祭で引退した時、泣いてしまったこと。昭一が告白してきた時のこと。あたしはどんな顔をしていたのだろう。その年の春、一年生が入ってきて、今度はあたしたちが教える立場になったこと。夏合宿。初めてのキス。タイムが伸びて、先生に誉《ほ》められたこともあった。サボって怒られたことも。陸上部の女子だけで集まって、飲み会をやったりもした。そして時間はどんどん過ぎていき、いろんなことが起きた。気がつけば、あたしは全力で走っていた。

何でこんなことをしているのだろう。何のために走っているのだろう。汗で濡れている顔を手で拭いながら思った。きっと代償行為なのだろう。本来なら出場できるはずだった合同体育祭に出ない代わりに、ここで今、あたしは走っている。

とにかく走りたかった。走って走って、すべてを忘れたかった。何もかも、全部嘘だったらいいのに。そう思いながら、ひたすら走り続けた。

走っているうちに、自然と涙がこぼれてきていた。何の涙なのだろう。昭一を失ってしまったことに対する涙なのか。それとも体育祭に出られないことからくる涙なのか。訳がわからないまま、あたしはぼろぼろと泣いていた。顔は汗と涙で洗ったようになっていた。

最後の一周を思いきり走ってから、グラウンドの外に出た。体中が汗で濡れていた。顔だけをタオルで拭ってから、ゆっくりと歩いて家へと向かった。

玄関のドアを開くと、炒めものを作っている音がキッチンから聞こえてきた。キッチンに入り、冷蔵庫の扉を開けてミネラルウォーターのペットボトルを一気に飲んだ。あんた、何してたの、とフライパンを手にしていた母が振り向いた。

「ちょっと眠れなくて……走ってた」

ふうん、とうなずいた母がまたフライパンを動かし始めた。

「シャワー、浴びてくる」

「その方がいいよ。ジャージ、汗だらけじゃない。ひどいよ、ちょっと」

わかってる、とあたしはうなずいて、着替えを用意するために二階の自分の部屋に上がった。

階段の下から、母の声がした。

「あんた、今日どうすんの？　体育祭、行かなくていいの？」

行かない、と返事をしてから、下着とパジャマを持って一階へ下りた。そう、と母がつぶやいた。会話はそれだけだった。あたしはバスルームへと向かった。

# 10

電話よ、という母の声で目が覚めた。

それほど深く眠っていたわけじゃない。何時間か前まで、全力で走っていた余韻はまだ体の中に残っていた。わかった、と言ってあたしは階段を下りていった。

部屋を出た時、携帯を見ると、あたしはいつの間にか電源を切っていたようだった。だから家に電話がかかってきたのだろう。

「もしもし?」

「あ……先輩」柿崎の声がした。「家ですか」

そう、とあたしは言葉少なく答えた。

「体育祭、始まります」

「……わかってる」

九時に開会式が始まるのは毎年のことだった。その直後に、マラソンの選手たちがスタートする。

その他の種目は、既に他校のグラウンドや体育館を使って予選が行われていた。今年は主催校がうちなので、例えば百メートル走の決勝や、マラソンのゴールは朋陽高校に設けられているはずだ。

「何があったのか、言わなくてもいいです。ただ、お願いがあって電話したんです」

「お願い？」

「オレが走るところを見てほしいんです」

「……それで？」

「それだけです。千六百メートルリレーは、午後二時からです」

それは知っていた。あたしだって、最初は出場するつもりだったから、予定は全部頭の中に入っていた。

「行けたら、行くよ」

「見てほしいんです」柿崎が繰り返した。「オレ、いつもテキトーだったんですけど、今回だけはちょっと真剣に練習したから……先輩に見てほしいんです」

「……どうして、あたしなの？」

柿崎は答えなかった。お願いしますと繰り返して、午後二時からですから、と念を押すように言ってから電話を切った。

「何か食べる?」

母がキッチンからリビングへと入ってきた。

「いらない」

そう、と母が言った。あ、待って、とあたしは母を呼び止めた。

「少しぐらいなら……食べられるかも」

ご自由に、と言って母がまたキッチンへ戻っていった。

## 11

トーストとサラダを牛乳で流し込んでから、もう一度部屋に戻り、ベッドに入った。眠いのか、眠くないのか、自分でもよくわからなかった。

〈見てほしいんです〉

不意に柿崎の声が聞こえた。あたしは寝返りを打った。だけど、柿崎の声は頭から離れなかった。

〈見てほしいんです〉

わかってる。柿崎。あたしだって、みんなが走っているところを見てみたい。でも、それはできない。

だって、昭一と優のことを考えたら、そんなことできるはずがない。あたしはその場から逃げ出してしまうだろう。

薄く目を開けた。枕元の目覚まし時計が午後一時を回っていた。

不意に、あたしはベッドから跳ね起きた。まだ間に合う。きっと間に合う。やっぱり見たい。逃げ出してしまうことになるかもしれない。でも見たい。みんなの姿を見たい。この二年間、自分が何をしてきたのかを確かめたい。

大急ぎで着替えた。通学用のバッグをつかんで、二階から下へと駆け下りた。テレビを見ていた母が、どうしたの、というようにあたしを見た。

「学校、行ってくる」

「体育祭？　行かないって言ってたじゃない」

「やっぱり行く」

何なのそれ、と母が苦笑を浮かべた。

「間に合うの？」

「たぶん」

「あんたも走るの？」

ううん、とあたしは首を振った。ただ見に行くだけ。それだけだ。

もうあたしは何週間も部活に出ていない。今から走りたいと言っても、先生も、そして部のみんなもうなずいてはくれないだろう。でも、行きたかった。行かなければならないと思った。

しばらくあたしを見つめていた母が、キッチンに引っ込んだ。出てきた時に持っていたのは、ポカリスエットのボトルだった。

「暑いから、持って行きなさい」

うなずいて、あたしはバッグにボトルを突っ込んだ。その時、バッグの中にあたしの赤いジャージが入っているのに気づいた。

「あんたが寝てる間に入れておいたの。今日は天気がよくて、すぐ乾いたから助かったわ」

行ってくる、とあたしは玄関のドアを開けた。気をつけて行ってきなさい、という母の声を背中で聞きながら、学校へ向かって走りだした。

## 12

学校に着いたのは二時過ぎだった。千六百メートルリレーの予選はもう始まっていた。掲示板の数字を見ると、うちの学校は第一予選の三位だった。千六百メートルリレーは二組に分かれていて、第一予選、第二予選が五校ずつで行われる。そしてタイム順位上位五校が決勝へと進む。三位というのは微妙なところだったけど、決してタイムとしては悪くないのが救いだった。三分三十六秒。

（ゴメン、柿崎）

あんたが走るところを見ることはできなかった。でも第二予選の結果次第では、もう一度走ることができるかもしれない。

お願い、とあたしは両手を握り合わせた。第二予選に出場する五校のうち、二校がどんなに速くてもいい。あとの三校がうちより遅ければ、決勝に進むことができる。

「先輩」

頭の上から柿崎の声が降ってきた。ゴメン、とあたしは謝った。

「間に合わなかった……柿崎が走ってるとこ、見れなかったよ」

まだわかんないすよ、と柿崎が言った。その通りだ。最後まで諦めないこと。この二年間であたしが学んだのは、たぶんそれだったのだろう。

五校の選手たちがスタートラインに並び始めていた。第二予選の選手たちだ。

体操着を着た先生が合図をした。知らない顔だったから、たぶん他校の先生なのだろう。始まりますね、と柿崎が静かな声で言った。

用意、と大きな声がして、先生が構えていた旗を振り下ろした。五人の選手たちが走りだした。一人だけ、女の子が第一走者になっているのがわかった。それもまた作戦なのだろう。

それぞれの順位は簡単にはわからなかった。ただ、三コースを走っていたブルーのパンツをはいた男の子が誰よりも速いのは確かだった。

大きなストライド。ほとんど呼吸もしてないのではないか。あっと言う間に四百メートルを走りきり、二番手の選手にバトンを渡した。

「慶葉《けいよう》高校の奴ですね……やっぱ速いなあ」

柿崎が言った。そうなんだ、とあたしはうなずいた。毎年、慶葉高校は各種目で上位に食い込んでいる。それ以外は混戦模様だった。

この千六百メートルリレーは、ゲーム的な要素が強い。駆け引きや戦略も必要だ。誰か一人だけがものすごく速かったとしても、それだけでは勝てない。チームワーク、作戦、そういうものが重要だ。

もちろん、全員が速いチームがあれば話は別だけど、そんなチームはまずない。というのも、一番速い選手は百メートル走などに出場してしまうので、どうしてもタイムの落ちる選手が混じってしまうからだ。

「どうかな、柿崎」

「まあ、慶葉は間違いないでしょうね……その他の学校については、よくわからないですね。運がよければ、うちらが五位以内に入れないこともないと思いますけど」

解説者のような言い方だった。一学年下だけど、落ち着いてるな、と思った。

結果はすぐに出た。千六百メートルリレーは、バトンの送りも含め、長くてもだいたい四分弱で終わってしまう。一番最初にゴールしたのは予想通り慶葉、そして二位が春栄《しゅんえい》高校だった。両校とも、三分三十秒台前半のタイムだった、三位は。三位はどうだろう。そう思う間もなく、八王子《はちおうじ》の聖和《せいわ》学園高校がゴールに飛び込んできた。

「タイムは？」

「すぐ出ます」

柿崎があたしを手で制した。観客席から大歓声と、わずかなため息が漏れた。聖和学園高校のタイムは三分三十七秒だった。歓声の声が圧倒的に大きかったのは、この会場がうちの高校にとってホームだったからだ。

「いやあ、ギリギリでしたね」柿崎が二の腕で汗を拭った。「危なかったなあ」

おめでとう、とあたしは手を差し出した、決勝進出が決まったのだ。いや、まだです、と柿崎が首を振った。

「問題は決勝ですから」

通算トップは、第一予選の扶桑《ふそう》高校だった。毎年、このリレーについては決勝の常連校でもある。

彼らのタイムは三分二十九秒、ここ数年で一番いい記録かもしれない。三分三十秒を切る学校というのは、ほとんど聞いたことがなかった。

ただ、彼らが決勝でも同じようなタイムを出せるかどうかはわからない。作戦やチームワークも含め、運という要素もある。

そして、三分二十九秒というタイムが、逆に彼らにとってプレッシャーになるかもしれない。

決勝は約二時間後、午後四時からです、と柿崎が言った。

「行きましょう」

どこへ行くというのだろう。わからないまま、あたしは彼の後をついていった。

# 13

いきなり目の前に昭一が現れて、思わず顔を伏せてしまった。来たのか、と彼は言ったけど、あたしは何も答えられなかった。

「先輩」柿崎がいきなり言った。「決勝なんですけど……浅倉さんに走ってもらった方がいいんじゃないですか」

無言のままあたしを見つめていた昭一が、無理だろう、とつぶやいた。

「お前、部活に出なくなってどれぐらいだ。三週間？　四週間？　その間、練習してないだろ？」

うん、とあたしは答えた。その通りだった。適当に一人で走ったりはしていたけど、それは練習と呼べない。でも、と柿崎が言った。

「一年の小山より、浅倉先輩の方がいいタイム持ってます」

「それは前の話だ。毎日練習してる奴と、してない奴とでは、やっぱり違う。今の段階でだったら、小山の方が速いと思う」

ないし」

「柿崎、いいよ」あたしは言った。「あたし、見に来ただけだから。リレーに出る資格なんて

冗談でしょ、と柿崎が笑った。

「先輩には立派にリレーに出る資格がありますよ。あんなに一生懸命練習してきたんです。ないわけないいじゃないですか」

「だけど……とにかく、そんな気持ちになれない。今さら、そんな虫のいいこと言える立場じゃないのは、よくわかってるから」

「いいじゃないですか、そんなことどうだって。先輩、走りたいんでしょ？　そうですよね？だったら、リレーに出るべきです」

「どうして？　どうしてそんな……走りたいとか言えるの？　あたしの気持ちがわかるの？」

柿崎があたしの左手を指した。本当に驚いた。あたしが手に下げていたのは、陸上競技用のスパイクシューズが入った袋だった。

どうしてこんなものを持っているのだろう。無意識のうちに、あたしはその袋を掴《つか》んで家を出ていたのだ。

「走るべきです、先輩。小山には来年もあるし、再来年もあります。でも、先輩にとっては今年が最後なんです。今日走らなかったら、もう次はないんですよ」

「だけど……」

　柿崎、とあたしたちの話を聞いていた昭一が静かな声で言った。

「坂上先生に伝えてきてくれ。メンバーチェンジをしよう。小山には俺から話す。お前の言う通りだ。恭子にとって、今日が陸上部最後の日だからな。恭子……一緒に走ってくれないか。全部俺のせいだってことはわかってる。だけど、だからこそ、自分のために走ってほしい。走るべきだ」

　そうだろうか。そうなのだろうか。あたしは走るべきなのだろうか。

　柿崎が人込みの中に消えていった。頼む、と昭一が頭を下げた。

「何もかもが俺のせいでこんなことになっちまった。謝りたいし、何度も謝ってきたつもりだ。そして、今、俺たちと一緒に走ってくれと頼むことしか、俺にはできないんだ」

「……謝られたって……遅いよ」

　わかってる、と昭一がうなずいた。

「そうだ。もう遅い。だけど、遅すぎるってことはない。そうだろ？　頼む。最後にもう一度一緒に走ってくれ」

　頼む、と昭一が繰り返した。

# 14

一年生の小山は、案外素直にメンバーチェンジに同意してくれた。本人にとっては残念なことだったろうけど、二年上の先輩にとって最後の試合だから、というのはわかってくれたようだ。来年もありますから、と笑顔で言ってくれたのは、あたしにとって本当に救いだった。

その間に柿崎が戻ってきて、メンバーチェンジの件、坂上先生も了解してくれました、と昭一に伝えた。本当にあたしは千六百メートルリレーの決勝に出ることになったようだ。

「アップだけ、しときましょう、先輩。とりあえず、体をほぐさないと」

柿崎が言った。あたしはいつものメニューをこなした。特に柔軟体操は念入りにやった。主に足、そして腕を伸ばし、怪我を防ぐための基礎運動をした。

「ブランクのわりに、結構いけるじゃないですか」座り込んで足を伸ばしたあたしの背中を押しながら柿崎が言った。「十分、柔らかいっすよ」

もともと、あたしは体の硬いタイプじゃない。どちらかというと、筋肉の質は柔らかい方だ。そして今朝早くから走ったり、柔軟とかもきちんと済ませていた。たかだかひと月部活を休んだぐらいで錆《さ》び付くほど、あたしの体はやわじゃない。

「ちょっとだけ、走りましょう」

グラウンドの外に出た。今回、うちの学校が主催校だったので、どこへ行けば人が少ないかはわかっていた。

校舎から奥へ入ったところにプレハブの部室がいくつも並んでいる。その前はほとんどまっすぐな道が続いていた。

今日、部室を使う運動部系の選手はたくさんいただろうけど、着替えとかは早いうちに済ませていたはずだから、残っている人がいるとは思えなかった。あたしと柿崎はジョギングのペースで走り始めた。

「結果じゃないですから」

「うん」

「先輩にとって、最後の試合だってことで」

「うん」

「思いきり走れば、それでいいんじゃないすかね」

「うん」

ゆっくりと、数百メートルの道を走った。突き当たりまで行ったところで、Uターンしてまた走り続けた。うっすらと体が汗ばんできていた。

何度かそれを繰り返したところで時計を見た柿崎が、そろそろ戻りましょうか、と言った。三時を回っていた。あたしたちは部室の前を通り抜けて、グラウンドの方へ向かった。勝ち負けじゃないですから、と柿崎がもう一度言った。

「そんなの、どうでもよくて……ただ、先輩も含めたオレたち全員が、悔いを残さないように走るっていうことが、一番大事なんだと思います」

照れたように柿崎が笑った。その通りなのだろう。悔いを残さないために走る。後になって、やっぱりああすればよかった、こうすればよかった、と苦い思いを抱きながら振り返るより、今、必死になって全力で走ることが、何よりも重要なのだ、と思った。

「柿崎」あたしはうつむいたまま言った。「サンキュー……頑張るよ」

「頑張りましょう」

柿崎が力強く言った。グラウンドは目の前だった。

# 15

グラウンドへ戻ると、うちの学校の陸上部の連中が、ひとかたまりになって座っていた。これは他校も同じで、それぞれ場所を与えられ、そこから自校の応援をすることになっていた。その中で、一人だけ立っていた昭一が、戻ってきたあたしたちに、来てくれと言った。優も一緒だった。

「走る順番のことなんだ」応援席からちょっと離れたところで、昭一が口を開いた。「俺は、予選の時と同じでいいと思う。トップ柿崎、次が優、そして小山の代わりに恭子、アンカーが俺。それでどうかな」

あたしたちは顔を見合わせた。いいんじゃないすかね、と柿崎が言った。

「優先輩と浅倉先輩だと、前のタイムは浅倉先輩の方が良かったと思うんですけど、しばらく休んでいたわけですし、その順番が妥当なんじゃないすか」

優がうなずいた。柿崎の言う通りで、この数週間、ろくに練習をしていなかったあたしと、毎日走り込んでいた優を比べれば、優の方が速いかもしれない。だから昭一の言っていることはその通りだとわかっていたけど、あたしは首を振った。

「……お願いがあるの。柿崎がトップで、あたしが三番手だっていうのはそれでいい。でも、昭一と優の順番を変えてもらえないかな」

「……つまり、序盤で俺がリードを広げて、リレーを有利に展開させようってことか?」

昭一が言った。それもある。でも、あたしにはもうひとつ違う理由があった。ただ、それは言えなかった。

「そりゃ、ギャンブルだな」昭一が苦笑した。「勝てばボロ勝ちかもしれないけど、負けた時は目も当てられないぞ」

「勝ち負けはともかく、戦略としては面白いかもしれないっすよ」柿崎がうなずいた。「そこまで極端な順番でくる学校もないでしょうし、オレと川島さんとでリードを広げれば、他校に対して少しはプレッシャーを与えることもできるかもしんないですし」

「だけどなあ……正攻法とは言えないよな。優はどう思う?」

「自信はないけど……みんながそうしようって言うなら……でも、あたしにアンカーなんか務まるかな」

すがるような目で優が昭一を見た。どうだろう、というように昭一が肩をすくめた。

「アンカーとか、そんなふうに考えなくてもいいんじゃない?」あたしは言った。「ただ、四番目に走るランナー。そう考えれば少しは気が楽になると思うんだけど、どうかな」

どうしよう、というようにあたし以外の三人が顔を見合わせた。

16

ただいまより千六百メートルリレーが始まります、という声がスピーカーから流れた。その声は、ほとんど聞き取ることができないぐらい音が割れていた。

結局、あの後あたしたちはリレーの順番を変更することにした。トップ柿崎、次が昭一、三番手があたし、そしてアンカーが優。

最終的にそう決まったのは、たぶんあたしへの配慮だったのだろう。少なくとも昭一と優にとってはそうだったはずだ。

スタートラインに五人の選手が並んだ。内側の第一コースから、予選でタイムが良かった順だ。柿崎は一番外、どちらかといえば不利なアウトコースからのスタートだった。

グラウンドには、白線で全周四百メートルのコースが作られていた。選手たちはそのコースを一周して走り切ったところで次の選手にバトンを渡す。

全周四百メートルを四周すれば、それで終わりだ。毎年そうであるように、三分三十秒台ぐらいのレースになるはずだった。

あたしたち二番手以下の走者は、柿崎たち第一走者がスタートした時点で、それぞれが所定の位置に着く。こっちのチームの第二走者である昭一が、盛んにウォーミングアップを繰り返していた。

「カッキザッキさーん！」

朋陽の一年生たちが、応援の声を上げた。おお、というように柿崎が右手を振った。

この千六百メートルリレーに関しては、いわゆるクラウチングスタートではない。立ったままのスタンディングスタートだ。

全選手の準備が整ったのを見計らうようにして、白い帽子をかぶった男の人が出てきた。よく見ると、うちの坂上先生だった。

「用意」

坂上先生がよく通る声で言った。五人のランナーが身構えた。

「スタート！」

先生が構えていた旗を振り下ろした。レースの始まりだ。フライングもなく、きれいなスタートだった。

柿崎の走り方は独特というか、ユニークというか、普通のランナーではあり得ないほどに強く前傾姿勢を保ったまま走る。いつも思うことだが、よく転ばないものだ。ただ、すべてのタイミングが合ってスピードに乗れば、部の誰よりも早いタイムを出すことができた。

そして、今日の柿崎はそのベストなタイミングを最初の数十メートルで摑んでいた。変則的なフォームで、決してカッコイイわけではなかったけれど、あたしが知っている限り、今日の柿崎は一番速かった。

四百メートルというのは、決して長い距離とは言えない。柿崎がその距離を走り切るまで、ちょうど五十秒ぐらいだった。そして他校の誰よりも速く、第二走者である昭一にバトンを渡した。

昭一の走り方は性格通りというか、力強く美しいフォームだ。ストライドが大きいのが特徴で、第二走者としては他校のランナーを圧倒する速さだった。

あたしはその時、既にスタートラインに立っていた。心臓が激しく鳴り、やたらと喉《のど》が渇いた。まさか、リレーの選手として走れるなんて。本当に数時間前まで考えてもいなかった。

でも、あたしはここにいる。スタートラインに立っている。四百メートルを走るために。

振り返ると、昭一がものすごい勢いで迫ってきていた。バトン。そうだ、あたしはバトンの受け渡しの練習をしていなかった。うまく受け取ることができるのだろうか。

「恭子！」

昭一の叫ぶ声が聞こえた。あたしはゆっくりと前に進み始めた。右手は後ろに伸ばしたままだ。数秒も経たないうちに、右手に強い衝撃を感じた。バトン。バトンを渡されたのだ。

やった。うまくいった。あたしはそこから勢いをつけて走りだした。

## 17

順位なんてどうでもいい。走る前から思ってた。

タイムだってどうでもいい。ただ、今の自分にできるすべてを、この四百メートルにぶつけよう。あたしの頭の中にあるのはそれだけだった。

高校に入ってから丸二年、陸上部でずっと走ってきた。努力したなんて言えない。もう少しずつでも、それこそ一歩ずつでも努力を続けていたなら、あたしはもっといいランナーになっていただろう。

でも、あたしは身長だってそれほどあるわけじゃない。脚が長いというわけでもない。基礎体力も人並みだ。素質があるわけではないことぐらいわかってた。

それでも走ってきた。走り続けてきた。だってそこには昭一がいた。昭一がいたから、あたしはずっと走り続けてきた。そう思っていた。

でも、そうじゃなかった。最初っからわかってたような気がする。昭一がいたから頑張ってこれたのは本当だ。でも、それだけじゃない。それだけのはずがなかった。

あたしは走ることが好きだったか？

あたしは陸上部が好きだったか？

走りながら自分自身に問いかけた。答えは両方ともイエスだ。そうじゃなかったら、走り続けることなんてできなかった。練習なんて、やってこれなかった。

昭一がいてもいなくても、あたしは走り続けていただろう。誰のためでもなく、自分のために。

確かに、昭一とのことがあって、何もかもやる気を失ってしまったのも本当だ。この数週間、あたしはまともに練習をしていなかった。

だけど、あたしはこの二年間、あたしなりに頑張ってきた。努力してきた。その二年間って、嘘だったのだろうか。

そんなこと、あるはずない。あたしの二年間は、たった数週間ほどで消えてしまうほどちっぽけなものではなかったはずだ。

あたしが走ってきたのは、昭一のためだと思ってたけど、そうじゃなかった。少なくとも、それだけではなかった。

それなのに、あたしはあたしの二年間をつまらない感情で捨てようとしていた。それがたまらなく悔しかった。あたしは自分のために走っている。それだけは間違いなかった。

(諦めるもんか)

駄目だと思ったら、そこですべてが終わってしまう。精神力が支えていなければ、体は決してついていかない。心が折れたら、その分だけタイムは遅れてしまう。

もちろん、ほんの僅《わず》かな差だ。一秒、あるいは二秒。そんなものだろう。

でも、それだけは嫌だった。脚力や走力で劣るのは仕方がない。スポーツって、何でもそうだろう。素質がある者とない者の差は、歴然としている。それを努力で埋めることは、ほとんど不可能に近い。

だけど、心は違う。最後まで諦めないことは、気持ちさえあれば誰にでもできる。あたしは諦めたくなかった。

(腕をもっと大きく振って)

自分自身に強く命じた。疲れてくると、腕の使い方が弱くなってくる。それは誰でも同じだ。でも、諦めなければ、限界まで頑張れば、腕をもっとうまく使うことはできる。それだけでもタイムは違ってくる。

（歩幅を大きく！）

心の中で叫んだ。乳酸が溜まった脚が、大きなストライドを取ることを拒否している。冗談じゃない。たかが四百メートルだ。それぐらいの距離を走り通すことができないはずがない。できないと思うのは、あたしの心の弱さだ。できないと思った瞬間、本当にできなくなる。逆に言えば、できると信じていれば必ずできる。あたしにはできる。走れる。

「先輩！」

誰かの声が聞こえた。たぶん柿崎だろう。あたしは顔を上げた。そこで待っていたのは、緊張で少し顔色を青くしている優だった。

優は今、何を考えているのだろうか。公園で昭一と三人で話してしばらくしてから、優から手紙が来ていた。そこに記されていたのは、昭一とつきあうようになった経緯と、あたしに対する謝罪、そして一日でも早く部に戻ってきてほしい、というようなことだった。

あたしはその手紙を読んで、すぐに捨てた。何を勝手なことを言っているのだろう。優さえいなければ、何もかもうまくいっていた。少なくとも、こんなふうにはならなかったはずだ。

それなのに、優は自分も傷ついた、みたいなことを書いていた。ふざけんなって思った。

だけど、優も苦しかったのだろう。今になってみると、少し、ほんの少しだけど優の気持ちもわかるような気がした。

優は引っ込み思案で、どちらかといえばおとなしい子だ。あたしたち女子陸上部員の中でも、ちょっとだけ浮いていた。

でも、かたくななところもある優は、あたしたちの輪の中に入ってこようとはしなかった。そんな時、昭一があたしに替わって優の指導をすることになった。そして二人はつきあうようになった。

許せるなんて思っていない。たぶん、これからも一生、あたしは優と口さえ利かないだろう。だけど、今この瞬間だけは違った。

「優！」

それは本当に、一秒か二秒の間のことだ。一瞬にして、あらゆることがあたしの脳裏に浮かんだ。

昭一とつきあっていた時のあたし。あたしのことを好きだと言ってくれた昭一。もちろん、あたしも彼のことが大好きだった。そんなあたしたちの間にいつのまにか入り込んできて、結局昭一を奪っていったのは優だ。

恨んでいないといえば嘘だ。苦しかった。辛かった。優のことを一生許さないと思っていた。大嫌いだ、こんな女。でも。

「優!」

叫びながらバトンを握っていた左腕を前に出し、後ろに手を伸ばしていた優の手のひらに叩きつけるようにしてバトンを渡した。

優。今のはね、儀式なんだよ。あたしはそのまま速歩に近いスピードでコースアウトした。心臓が苦しい。ものすごく大きな音をたてて鳴っているのがわかった。

優。確かにバトンを渡したからね。昭一から渡されたバトンを、今、あたしはあんたに渡したから。彼のことを引き継いだって意味なんだよ。わかる? 優。

走る順番を無理言って変更してもらったのは、このためだったんだよ。昭一のことはあんたに任せたから。彼のことをよろしく頼むね。

昭一は英語が苦手だから、教えてあげてね。コーヒーに砂糖を何杯も入れる癖は、止めさせた方がいいと思うよ。

友達が多くて、それを大事にする人だから、我慢しなきゃならない時もあるけど、許してあげてね。何でも頑張っちゃう人だから、時々ブレーキをかけてあげて。本を読んでる時は、邪魔しないように静かにしていること。

ヒップホップ以外の音楽の話をすると不機嫌になるから気をつけて。時々、つまらないギャグを言うこともあるけど、笑ってあげて。映画を見ていて、泣いてしまうことがよくあるけど、気がつかないふりをしてあげてね。

優。お願い、昭一のことを好きでいてあげて。あの人のことをちゃんと見守ってあげて。もうバトンはあんたに託したのだから。

あたしはコースを外れて、グラウンドの外に立っていた一本の木にもたれるようにして、何度も深呼吸をした。涙は出ていなかった。泣くもんか、と思った。

近づいてきた後輩の一年生が、大丈夫ですか？　と言いながらウインドブレーカーを渡してくれた。ありがとう、と言ってあたしはそれをジャージの上から着た。

# 18

朋陽高校の千六百メートルリレーの最終順位は、五組中三位だった。展開だけでいえば、トップの柿崎、そして二番手の昭一までは三秒近い差をつけて一位を守っていたけど、あたしの順番になって一人抜かれ、そしてアンカーである優も最後の最後、ゴールまであと十メートルというところで慶葉高校の選手に抜かれていた。コンマ五秒差での三位だった。

でも、結果なんかどうでもよかった。あたしは満足していた。自分が走れたことに。走り切れたことに。最後まで諦めなかったことに。

三位というのは五組中の真ん中で、別に誇れる順位ではない。でも、柿崎も昭一も、そして優もあたしも、間違いなく全力で走り抜いた。それは間違いのない事実で、それだけで十分だった。

あたしは一年の小山を探して、急な形で代わってもらったことについて謝った。来年、頑張りますから、と小山は明るい声で答えてくれた。

その後、あたしたち四人は一度集まり、それぞれに握手をした。もちろん、あたしは昭一とも握手をした。そして優とも。

わだかまりがないといえば、それは嘘だ。だけど、四百メートルを走っている間に、そんな感情のほとんどが消え去ってしまったことに、あたしは気づいていた。

ありがとう、と昭一が小声で言った。ううん、とあたしは答えた。

最後に握手をしたのは柿崎だった。彼がいなければ、あたしはこのリレーに出ていなかっただろう。そしていつまでも過去を引きずりながら、卒業するまでの一年間を過ごすことになっていたはずだ。

その意味で、一番感謝をしなければならないのは彼だった。ありがとう、とあたしは頭を下げた。惜しかったすね、と柿崎が言った。

「せめて二位には入りたかったんですけど……ま、仕方ないっすよ」

明るい声だった。ねえ、とあたしは尋ねた。

「柿崎……どうしてあたしにリレーに参加するように、あんなに強く言ってくれたの？」

「先輩に悔いを残して欲しくなかったからです。それだけですよ」

ありがとう、ともう一度握手を交わしてから、あたしたちはしばらく見つめ合った。走りたくなったら、と柿崎が口を開いた。

「……走りたくなるような時があったら、いつでも呼んでください。どこにいても、すぐに行きますから」

それだけ言って、柿崎が応援席の方へ戻っていった。走りたくなる時。

あたしは一人、その場に立ったまま考えた。いつそんな時が来るのかはわからない。すぐに来るような気もするし、しばらくは来ないような気もする。

でも、どちらにしても、いつかはそんな時がやってくると思った。そして、その時はあたしの方から柿崎に声をかけてみよう。

「一緒に走らない？」

口の中でそうつぶやいてから、あたしも応援席に向かった。続いてのレースは、一万メートル競走です、とスピーカーから割れた声が流れた。

# ガラスの靴を脱いで

小手鞠るい

小手鞠るい
（こでまり・るい）

岡山県生まれ。同志社大学法学部卒業。1981年にサンリオ「詩とメルヘン賞」を、93年に「おとぎ話」（『玉手箱』所収）で海燕新人文学賞を受賞。2005年に島清恋愛文学賞を受賞した『欲しいのは、あなただけ』（新潮文庫）や、2006年に発表した『エンキョリレンアイ』（世界文化社）などで一躍人気を博す。著書に『好き、だからこそ』（新潮社）、『猫の形をした幸福』（ポプラ社）、『時を刻む砂の最後のひとつぶ』（文藝春秋）、『ありえない恋』（実業之日本社）、『海と空のであう場所』『愛しの猫プリン』（ともにポプラ文庫）、『はだしで海へ』（ポプラ文庫ピュアフル）などがある。現在、ニューヨーク州ウッドストックに在住。

〈大きな決断、あるいは選択を迫られ、揺れ動いているあなた。自分ひとりで決められないことがあるときには、思いきって、家族や友人や恩師に相談を持ちかけてみるといいでしょう。もっとも正しい答えは時として、あなたと同じような境遇にあり、似たような体験をした人からではなくて、まったく異なった体験の持ち主から得られることも。でも、忘れないで。他人のアドバイスや意見にしっかりと耳を傾けたあと、最終的な決断を下すのはあなたです。今月の魚座のお宝フレーズ、Listen to your heart.〉

前の座席のポケットからひっぱり出した機内誌に、星占いのページを見つけた。

三月生まれのわたしの星座、魚座の欄をすばやく読んだあと、

「あたってる……」

胸のなかで、ひとりごとをつぶやいた。

決断、選択、揺れ動いている。

まさに、今のわたしのためにあるような言葉たちだと思った。

目の前には、進むべき道があり、地図も道しるべもあって、道案内してくれる人までいるというのに、わたしは迷っている。ふたつに分かれた道のまんなかで、どっちの方向に進んでいったらいいのか、決めかねている。

恐れているのかもしれない。どちらの道を選んでも、結局、選ばなかった道とその先にあるもののことばかり考え、後悔してしまうのではないか、と。

あの日、純子《じゅんこ》さんは言った。

「どうせ後悔するのなら、うんとむずかしい方を選んで、チャレンジしてみてから、後悔する方がいいでしょ？　だって、順風満帆《じゅんぷうまんぱん》よりも、波瀾万丈《はらんばんじょう》の方がおもしろいに決まってるじゃない。ね、そう思わない？」


今からちょうど一ヶ月前、六月の終わりだった。

「今度の日曜日、あたしとデートして欲しいの」

そんなふうに誘われて、中三のときからずっと指導を受けてきたフィギュアスケートのコーチ、純子さんといっしょに、彼女の運転する銀色のスポーツカーで、鎌倉《かまくら》へと出かけた。純子さんの「お気に入りのお寺なの」という明月院《めいげついん》で、満開の花菖蒲《はなしょうぶ》と紫陽花《あじさい》に見とれたあと、海沿いの道を走って、稲村《いなむら》ケ崎《さき》へ。

目の前は海、BGMは波の音、カーテンは真昼の陽の光。

これ以上のぜいたくはない、というようなイタリアン・レストランのテラス席で、わたしたちは、向かい合っていた。凪《な》いだ海からそよいでくる、優しい潮風に頬《ほお》をくすぐられながら。

「ここ、あたしの隠れ家。大切な人としか、来ないのよ。可南子《かなこ》ちゃんと来られて、すごくうれしい。さ、なんでも好きなお料理を注文して」

純子さんはそう言って、開いたメニューをわたしの方へと差し出した。

シンプルなデザインの麻のサマードレスに、薔薇《ばら》のつぼみのパタンが編み込まれているアンティーク風なレースのスカーフと、ベネチアングラスのブローチを合わせただけのファッションなのに、純子さんは、思わずため息がもれてしまうほど優雅だった。レストランはもともと、高校生ごときが気軽に入れるような雰囲気の店ではなかったけれど、純子さんが席についたとたん、さらにもう一段階、格調が高まったような気さえした。

ルッコラとパルメザンチーズと葡萄《ぶどう》のサラダを、ふたりで分け合って食べたあと、純子さんはサーモン料理を、わたしはポテトニョッキを注文した。メインを食べ終え、デザートが届くのを待っているときに、純子さんは切り出した。

話があるの。

ではなくて、

「お願いがあるの」

と、純子さんは言った。

「あたしね、可南子ちゃんのことが、好きで好きで、たまらないの」

だから、考え直してほしいの。

ではなくて、

「だから、どうしても別れたくないの」

と。

わたしも、別れたくはなかった。

小学生時代の一時期、「天才少女」と呼ばれ、もてはやされたものの、あとは転落の一途をたどり、落ちぶれ、まるで風前の灯《ともしび》のようになっていた「佐藤《さとう》可南子選手」を見出《みいだ》し、ペアのスケーターとしてよみがえらせてくれた人。氷の上では容赦なくきびしく、どんな細かいミスも見逃さない冷徹なコーチなのに、ひとたびスケートリンクから離れれば、無邪気な少女とエレガントな大人が同居しているような純子さんが、わたしも「好きで好きで、たまらない」。

その思いは、昔も今も変わらない。

それなのに、今年の二月、カナダでおこなわれた世界選手権大会が終わったあと、「これでもう、スケートはやめたいと思っています」と、わたしは純子さんに伝えたのだった。才気あふれる、個性的なスケーターとして世界中の注目を浴びている「渡良瀬流《わたらせながる》」と組んで滑り、五位に入賞することができた、にもかかわらず。

「ね、お願いよ、可南子ちゃん。もう一度だけ、あたしにチャンスを与えて」

「……」

答えを返せないまま、ふと、海の方へ目をやった。

空はさつき晴れ。海はラベンダー色。海と空が出会い、ひとつに溶け合っている場所で、まっ白なかもめが一羽、舞っているのが見えた。

あのかもめになれたらいいな……

氷の上からも、地面からも、遠く離れたところで、生きていけたらいいな。

ひとりで、楽しく、自由に、くるくる舞いながら。

ぼんやりと、そんなことを思っていた。純子さんの熱いまなざしに見つめられ、「別の人と組んで、もう少しやってみようよ」とすすめられているのに、わたしの気持ちはゆらゆらと、虚空《こくう》をさまよっていた。

あのとき、わたしは、たぶん……

たぶん、じゃなくて、絶対……

流のことを思っていた。

流のことを思うとき、わたしはいつも、そんなふうになってしまう。佐藤可南子という存在をとめているボタン、あるいはページ、それらがひとつ残らずはずれて、ばらばらになってしまったような状態。自分がどこにもいなくなったような、透明人間になってしまったような。それでいて、心の奥深い部分には一本だけ、先の尖《とが》った針金が刺さったままなのだ。

抜くことのできない針金。

抜けば、そこから血があふれて、わたしは死んでしまうかもしれない。

今年の春から京都の大学へ進学し、関西で、別の選手——わたしよりも何倍も巧《うま》い人——とペアを組むことが決まっていた、流。それだけではない。流には、高校時代からつきあっている、年上の恋人もいた。流から紹介されて、その人に会ったことがある。ひとみさん、という名の美しい人。わたしにはないもの——優しさ、女らしさ、思慮深さ——をすべて兼ね備えた人。

これは、かなわぬ恋。

かならず失恋する、と、最初からわかっていて、それでも、打ち明けた。カナダ大会の試合が終わった直後に、流にぶつけてみた。「ずっと、好きだったの」と。そして、砕けた。こっぱみじんに。

純子さんは、知らない。わたしがスケートをやめたいと思った本当の理由は、流に対する恋の座礁《ざしょう》だったということを。

「お返事は、ニューヨーク旅行からもどってきてからでいいから」

そう言って、純子さんはテーブル越しにわたしの手を取り、ふんわりと微笑《ほほえ》んだ。

「楽しんできてね。ニューヨークのパワーをしっかり吸収してきて」

サンフランシスコで大学生活を送っている姉と、夏休みの初めにニューヨークで落ち合って、ふたりで街歩きをしようと計画していた。

「はい」

消え入りそうな声で答えて、わたしもせいいっぱいの微笑みを返した。もしかしたら、泣き顔みたいになっていたかもしれない。


あの日以来、わたしの気持ちは、揺れ動いている。

波のように、寄せては返している。

やめる？　つづける？　やっぱりやめる？　もう少しだけ、つづけてみる？

だって、スケートをつづけていれば、いつかまたどこかで、流に会えるかもしれない？

ううん、そんな風にしてまで、会いたくない。

それなら、あっさりと、やめればいい？

やめてしまえば、流のことも、忘れてしまえる？

でも、それでいいの？　本当に？

スケートも、恋も、何もかもあきらめてしまって、いいの？

流のことを、忘れないでいるためにも、つづけてみる？　大好きな純子さんのためにも？　でも、流以外の人と組むなんて、考えられない。だったら、やめる？　やっぱりやめる？　やめるしか、ない？　わからない。わからない。どうすればいいのか、わからない。

スケートをやめるという決断は、そのまま、生まれて初めての恋を葬ってしまうという決断であるように思えて、ならなかった。

だから、選べない。

どうしても、決められない。

「お客さま。ラザニアか、オムレットか、どちらになさいます？」

フライトアテンダントが、着陸前の最後の機内食のサービスを始めた。

「オムレットにします」

「お飲物は？　コーヒー、紅茶、それとも何かほかのもの？」

「あたたかいコーヒーを。ミルク入り、お砂糖はなしで」

あと一時間ほどで、ジョン・F・ケネディ国際空港に着く。無限に広い空にあっても、飛行機にはちゃんと、進むべき道が見えている。

「可南ちゃーん。ここだよ、ここ。私、ここにいるよ！」

入国審査と税関の荷物検査を終え、到着ロビーに出ると、出迎えの人たちの熱気のなかから、ひときわ涼やかな姉の声が聞こえた。

「お姉ちゃーん」

わたしも声をあげて、駈《か》けよった。

スリムな長身に、ブルージーンズと半袖《はんそで》の黒いTシャツとスニーカーがよく似合って、姉はすっかりアメリカに溶け込んでいるように見えた。

「よく来てくれたね。長いフライト、おつかれさま」

一瞬、姉とのあいだに、不思議な距離感を覚えた。日本とアメリカに離れていても、電話や手紙やメールで連絡を取り合っているから、姉のことはいつも身近に感じているのに、こうして実際にアメリカで姉の姿をまのあたりにしてみると、なんだか急に「遠い人」という気がしてしまった。

「お姉ちゃんは、いつこっちに来たの？」

「一週間ほど前よ。それにしても、なんだか久しぶりよね。最後に会ったの、いつだっけ?」

姉は、受験した日本の大学をことごとく落ちて、アメリカの大学に進学する、という名目で、西海岸に渡った。三ヶ月間ほど、サンフランシスコにある州立大学付属英語学校に通ったあと、試験に合格し、晴れてその大学の学部生となった。本当は、当時つきあっていた恋人の手塚《てづか》さんを追いかけていく形で、「彼と離れ離れになりたくないから」、わざと日本国内の受験に失敗して、アメリカに来たわけだけれど、家族のなかで事の次第を最初から最後まで知っているのは、わたしだけ。

「ええっと、去年のお正月だったかな。お姉ちゃんが帰国してたとき」

「だったら、一年半ぶりか……。ちょっと見ないあいだに、可南子、ずいぶん女らしくなったじゃない?」

「え、ほんと?」

姉はお世辞は言わない人なので、単純に、うれしくなる。

「奥手《おくて》の可南子姫にもやっとこさ、好きな人ができたってことなのかな」

などと言って、含み笑いをしながら、姉はわたしの腕から旅行鞄を取り上げ、自分の肩に掛けると、空いた手でわたしの手をぎゅっと握って、歩き始めた。背筋を伸ばして、さっそうと。強い意志と自信に満ちた歩き方。

ああ、なつかしい構図だな、と思った。

そう、幼いころから、わたしたち姉妹はこんな風だった。母曰《いわ》く「しっかり者でがんばり屋の可世《かよ》ちゃんと、いつもぼーっとして、頼りない可南ちゃん」。父曰く「才色兼備で優等生の長女と、勉強はからきし苦手だけれど、スケートが上手《じょうず》で、おちゃめな次女」。

姉の隣を歩きながら、わたしは言った。

「お姉ちゃんも相変わらず、かっこいいよ」

「そう？」

昔から、細かいことにはこだわらない、わたしみたいに迷ったり悩んだりしない、どこかさばさばしたところのある人だったけれど、今はそんな性格にさらに磨きがかかって、いっそう清々《すがすが》しくなったというか、垢抜《あかぬ》けたというか、そんな感じがした。

同時に、ふと思った。でもそれは、もしかしたら、アメリカに来てから経験した、恋人との別れのせいなのかな、と。

リムジンバス乗り場に着くと、まるでわたしの胸の内を見透かしているかのように、姉は言った。まっすぐ前を向いたままで。

「ところで可南ちゃん、あの手紙、読んでくれたよね？」

「うん……」

〈可南ちゃん、びっくりしないでね。本当に不思議なんだけれど、あんなに省吾《しょうご》のこと思いつめて、はるばるアメリカまで来たのに、実際に来てみると、何だかちょっとこの恋、ふっきれたみたいです。こう言うと可南子は驚くかもしれないけれど、わたしはずっとこれまで高一のときから三年間、省吾ばかりを見てきたでしょう。何でも省吾を通して見て、いつもそれが一番と思ってきました。でも世の中にはいろいろな人、いろいろな男の人がいます。世界は広い。それをこちらに来てから実感したのです〉

「お姉ちゃんは、こうでなくっちゃ、と思ったよ」

きっぱりと、わたしは言った。

事実、手紙のその箇所を読んだとき、わたしは思わず、頬に笑みを浮かべてしまったのだった。「ああ、なんてお姉ちゃんらしいんだろう」と思って。

「あの手紙には、うまく書けなかった気もするんだけど……」

自分に言い聞かせているように、姉は静かにつづけた。

「……別れを経験してみて、ひとつ思ったのはね。人を好きになるのは簡単だけれど、その、好きという気持ちを持続させていく、というのか、好きな気持ちといっしょに成長していくのは、とってもむずかしいということ。気持ちって、すごく大切なものよね。ごまかしがきかないのよ。相手の気持ちじゃなくて、自分の気持ちってこと。相手が自分をどう思っているかじゃなくて、自分が相手をどう思っているかということね。いくら努力しても、がんばっても、冷めちゃった気持ちは、もとにはもどらないのよね。ああ、何を言ってんだか、自分でもよくわかんなくなってきちゃった」

そこで言葉が途切れて、姉はふふっと苦笑いをした。

苦笑いしたあとに、ぽつ、ぽつ、ぽつ、と、空から落ちてきた雨粒みたいに、言った。

「ごめんね、可南ちゃん。あんなに、応援してもらってたのに」

「そんなこと、平気。今もこれからも応援してるよ。新しい恋も、大学の勉強も」

「ありがとう……」

姉は、終わってしまった恋について、もっと何かを言いたそうにしている気もしたし、それは単なるわたしの気のせい、という気もした。

「あのね、お姉ちゃん……」

実はわたし、スケートを、そう言いかけている言葉に、姉の声が重なった。

「それはそうと、可南ちゃん、カナダ大会、五位入賞おめでとう！　快挙だったね。よくやった。素晴らしかったよ。個人的には一位をあげたいと思った」

「見てくれたんだ？」

「あたりまえじゃない。テレビの前で、ずっとドキドキしてたんだよ。緊張して、息をするのも苦しかったくらい。神様にお祈りしながら、見てた。ああ、どうか可南ちゃんが……」

「転びませんようにって？」

「あたり！」

そう言って、姉はわたしに笑顔を向けた。わたしのよく知っている、大好きなお姉ちゃんの笑顔。

「ブー、はずれだよー。一回も転倒しなかったもん！」

言い返しながら、思っていた。「スケートをやめようか、どうしようか、迷っている」と、相談したなら、姉は「絶対に、やめちゃだめ」と言うだろうな。

これまでにも、幾度となく、励まされてきた。

思ったような結果が出せなくて、くじけそうになっているとき、早朝練習がきつくて、泣きそうになっているとき、ジャンプで転んでけがをして以来、一回転ジャンプさえできなくなっていたとき、そして、「もうやめたい」と言い出すたびに、姉は優しく強く、わたしに寄り添い、弱いわたしの心を両腕で抱きしめるようにして、慰め、元気づけてくれた。

「きっとできる。可南子は、だいじょうぶ。だからあきらめないで」

そんな姉に、あきらめる、なんて言えないし、ましてや流に対する恋のことなんて、口が裂けても言えない。

流とペアを組むことになった、と話したとき、手塚さんから流の悪い噂《うわさ》を耳にしていた姉は、人一倍、心配していた。

「あの人、スケートはうまいかもしれないけれど、好きになってはだめよ。女の子を泣かすのも、うまいみたいだから」

お姉ちゃん、わたしね。

泣かされたりしなかったけど……

好きになってしまったの、あいつのこと。

まったく情けない、どうしようもないシンデレラだよね？

言葉にできない問いを胸のなかに折りたたんで、問いかけた。

「ねえ、お姉ちゃん、覚えてる？　シンデレラのこと」

「何よ、突然。シンデレラ？」

「童話の本。クリスマスに、お父さんがプレゼントしてくれたでしょ、お姉ちゃんに。わたしへは、かぐや姫だったの」

「そうだった？　ずいぶん昔の話よね。覚えてるような、覚えてないような」

小学四年生だった姉は『シンデレラ』と『かぐや姫』を読みくらべたあと、小一だったわたしに「とりかえっこしてほしい」と言ったのだった。

「お姉ちゃんは、シンデレラよりもかぐや姫の方が好きだって、言ったの」

「可南子、よく覚えてるねえ」

「わたしはだんぜんシンデレラが好きだったの。だから、とりかえっこしてもらえて、すごくうれしかったんだ」

「ふうん」

姉は本当に何も、覚えていないようだった。

わたしははっきりと、覚えていた。父に「とりかえっこの理由」をたずねられて、姉はこう主張した。

「だって、王子様が見つけてくれるのを、じっと待っているお姫様なんて、いやだもん。それよりも、ひとりで月にもどっていく、かぐや姫の方がかっこいい」

可南子は？　と父に問われて、答えた。

「あたしはシンデレラになって、きれいなドレスを着て、ガラスの靴を履いて、楽しい舞踏会に行って、王子様といっしょに踊りたいの」

だから、姉が恋人を追いかけてアメリカに行く、と言ったときには、心底驚いたし、うらやましくて、たまらなかった。けれど、別れたと知ったときには、なんだか安心したのだった。「やっぱりお姉ちゃんは、お姉ちゃん」と。

マンハッタン行きのバスがやってきた。

運転手にふたり分の切符を渡し、わたしたちの降りるべき場所を、流暢《りゅうちょう》な英語で説明している姉のうしろに隠れるようにして立って、思っていた。

お姉ちゃんは、恋をしても、たとえ失恋しても、ぐらぐら揺れ動いたりしない人。「これだ」と思った道を、迷わずにまっすぐに進んでいける。

わたしにも、そんな強さがあったらいいのに……

「ストリートとビルと人がおもしろいの。不思議と元気になれる街よ」

純子さんの言った通りだった。

ニューヨークシティにはいろんな宗教、いろんな母国語、いろんなバックグラウンドを持つ人たちが集まって、交わって、ぶつかり合ってできる「まるで巨大な渦巻きみたいなパワー」があった。

毎日、ふたり連れ立って、歩きまわった。野球帽をかぶって、素足にスニーカーを履いて。ニューヨーカーを気どって、濃いサングラスをかけて。

滞在先は、夏のあいだだけ、姉がエクスチェンジしているジャージーシティのアパートメント。この部屋の住人が、今はサンフランシスコの姉の部屋に滞在している。

わたしたちは毎朝、ジャージーシティから、ハドソン河の河底を貫通している「パス」と呼ばれる電車に乗って、対岸のマンハッタン島まで遊びに出かける。通りから通りへと歩いているだけで、いつのまにか、歩調も心も軽やかになってくる。行き交う人たちの姿を見ているだけで、楽しい気分になってくる。ニューヨーク名物の、地下鉄の通気孔から吹き出してくる白い蒸気のように、体のなかから、うじうじとか、くよくよとか、もやもやとか、湿気と粘り気のある感情が霧散していくのがわかる。

ある日は、美術館めぐり。メトロポリタン美術館、ニューヨーク近代美術館、グッゲンハイム美術館、フリック・コレクション、ホイットニー美術館。まる二日をかけても、まだまだ時間が足りなかった。

ある日は、映画の舞台になった場所で記念撮影。『ティファニーで朝食を』の五番街。『タクシードライバー』のタイムズスクエア。『ゴッドファーザー　PARTⅡ』のリトルイタリー。漢字のあふれるチャイナタウンと、イタリア語が飛び交うリトルイタリーが背中合わせになっているなんて、想像もしていなかった。

ある日は、デリで、サンドウィッチとピザのスライスと山盛りのサラダをテイクアウトして、セントラルパークでピクニック。桜やりんごや杏《あんず》の樹々の緑が目に染みるようだった。池のほとりではデイ・リリーが、池の面《おもて》では睡蓮《すいれん》に似た花が満開だった。

ある夜は、ヤンキースタジアムへ。

ある夜は、ミュージカルへ。

ある夜は、ジャズを聴きに。

五日間は、あっというまに過ぎた。

そして六日目。わたしのニューヨーク滞在最後の日。

姉の提案で、別々に行動することにした。姉はその日、コロンビア大学のキャンパスを見学に行き、将来学びたいと思っているジャーナリズムや女性学の講座内容について、自分の目と足で、時間をかけて調べたいと言った。

「いっしょに行く」

そう言ったわたしを、

「可南ちゃんも、もうだいぶ街に慣れたでしょ。あしたはひとりで、好きなところへ行っておいで」

と、姉は制した。

「その方がきっと、楽しい発見がある。冒険にもなるし、思い出にもなるよ。ひとり歩きをするとね、街と自分の距離がぐっと縮まるの」

「自信ないなあ、だいじょうぶかなあ」

ガイドブックと首っ引きで、ああでもない、こうでもない、とさんざん迷ったあげく、ソーホーを訪ねてみることにした。

〈十九世紀には、マンハッタンの中心街として栄えていたソーホー。二十世紀になってからは、縫製工場と倉庫だけのさびれた街になっていましたが、六十年代、ここに目をつけたアーティストたちが次々に移住、倉庫をアトリエに改造して暮らし始めたことから、ふたたび活気をとりもどし、世界中から集まってくる芸術家でにぎわう街となりました〉

そんな紹介文に、心を惹《ひ》かれて。

繁栄して、さびれて、またよみがえったという街の歴史に、自分自身を重ね合わせていたのかもしれない。

挫《ざ》折《せつ》して、あきらめかけていたスケート。

純子さんに見出され、流とペアを組み、再起できたスケートに――

もう一度だけ、挑戦してみる?

ふっと、そんな考えが胸をよぎった。

ハウストン通りからプリンス通りへ、スプリング通りへ、ブルーム通りへ。

画廊やブティックや骨董屋《こっとうや》さんやカードショップを、蝶《ちょう》のように巡りながら、見てまわった。

ずらりと並ぶ手づくりのジュエリーの屋台。大道芸人のパフォーマンス。がらくたなのか、アンティークなのか、区別のつかない品々で埋め尽くされているフリーマーケット。

誰もがわたしの顔を見ると、目を合わせて「ハーイ」と声をかけてくれる。

姉の言った通りだった。ひとりで歩いていると、街はわたしにぐっと近づいてきて、まるで昔からの友だちのような、親しげな笑顔を見せてくれた。

ブロードウェイとウェスト・ブロードウェイに挟まれたエリアで、疲れた足を休めるために、カフェに立ち寄った。店の表に置かれたテーブル席について、アイスカフェオレを飲みながら、道行く人々をながめていたときだった。

向かいの通りの路肩に椅子を置き、似顔絵を描いて、売っている人がいた。どうしてなのか、理由はわからないけれど、その人の姿から、目が離せなくなった。真夏なのに、潔い冬の裸木《はだかぎ》を見つけたような、そんな不思議な気持ちになっていた。

年は三十代か、四十代か、もしかしたら五十代なのかもしれない、大柄な男の人。

茶色がかった金色の髪の毛を赤いバンダナでまとめて、インディゴブルーのデニムの長袖のシャツを着ている。左利きなのか、彼は左手でスケッチ用の鉛筆を握って、幼い男の子の似顔絵を描いている。男の子の母親は、画家のすぐうしろに立って、彼の手もとにある画用紙と息子の顔をかわるがわる見つめては、微笑んでいる。

わたしも描いてもらおう。

思うよりも先に、立ち上がっていた。通りを横断して、似顔絵画家のそばまで行った。ちょうど、男の子の絵ができあがって、母親がお金を払っているところだった。「値段は、あなたの決めた金額で」。彼の足もとに、そんな英文の書かれた紙片が置かれていた。

「こんにちは。あの……お願いします」

「オーケイ。その前に、こんにちはだね」

画家はわたしの顔を見上げて、にっこり笑った。その笑顔は限りなく優しかったが、目尻《めじり》に刻まれた皺《しわ》は深く、鬚《ひげ》でおおわれた顎《あご》の線はするどく削《そ》げ、頬から首筋にかけて、傷痕《きずあと》のようなものがのぞいていた。

「俺《おれ》の名前はジャック。通称『片腕ジャック』というんだけど。あなたは？」

「わたしの名前は……カナコです」

そう答えながら、そのときはじめて、彼の右腕がないことに気づいた。

だから、片腕ジャック？

「じゃあ、そこに座って」

「はい」

しばらくのあいだ、彼は黙って、スケッチをしていた。ときどきわたしの顔を見つめて、ふっと笑ったり、じっとにらんだりして、それからまた画用紙に目を落とす。そんな彼の仕草や、流れるように美しい左の腕と手と指の動きにわたしはただ見とれていた。

十五分ほど、過ぎただろうか。

突然、質問の矢が飛んできた。

「ひとつだけ、聞いていいかな？」

「どうぞ」

「あなたは、誰なのかな？《Who are you?》」

「えっ……」

そう言ったきり、わたしは口をつぐんでしまった。

だって、いきなり「おまえは誰？」って言われても。

「それを教えてくれないと、肖像画は完成させられないよ。あなたは、誰？」

ふたたび同じ問いが向かってきた。わたしの胸もと目がけて。

「わたしは、カナコ・サトウです」

答えながら、これじゃあまるで、英語の授業中、先生に急にあてられて、困っている中学生みたいだと思った。

「それは、名前だろ？　俺がたずねてるのは、名前じゃないよ」

彼の言い方は、あくまでも柔らかい。

「あの、わたしは、日本人です。今、高校二年生です。ニューヨークへは観光で」

必死でそこまで言うと、彼は笑った。親鳥が雛《ひな》を包み込むような笑い方だった。

「よくできました。だけど、それだけ？　それが、あなた？　本当にそれだけ？」

問い返されて、ちょっとくやしくなった。

「わたしはスケーター、いいえ、スケーターでした」

「おお、少しだけ、あなたに近づいてきたようだね。それで？」

「だから、今はスケーターじゃないけど、わたしはスケートが好きな女の子でした」

「今は、好きじゃないの？」

「いいえ、今も好きです。大好きです」

「しかし、あなたは、今はスケーターじゃない。そういうことなんだね」

「はい、たぶん……」

　そのあとに、わたしは一生懸命、言葉を重ねた。

　胸のなかでもつれて、いつのまにか、大きな塊になっていた気持ちを解きほぐすようにして、ひとつひとつ、丁寧に英語に置き換え、彼に差し出していった。

　自分でも、驚いていた。

　会ったばかりのこの人に、どうして、話す気になったのか。スケートのこと、流のこと、これからどういう方向に進んでいったらいいのか、決められなくて、迷っていること。純子さんにも、姉にも、話せなかったことを、なぜ、この人に。

　彼はうなずきながら、熱心に耳を傾けていた。終始、左手を動かしつづけながら。どうやら最後の仕上げをしているようだった。

　わたしが話し終えると、小さなため息をついて、言った。

「わかったよ。俺には、あなたが誰なのか。ほんの少しだけだけどね」

「ほんとですか?」

　今度はわたしが問い返す番だった。

「教えて下さい。わたし《Who》って、誰《am》なんですか?《I?》」

「よし、これでできあがりだ」

　彼の答えは、たった今、完成されたばかりの一枚の絵だった。受け取って、見つめた。白い紙の上に描かれたわたしの顔と姿を。

「これが、わたし？」

「俺の目に映ったあなた、ということだけど、どうだろう？　違ってる？」

確かに、わたしにそっくりな女の子が、そこにはいた。上手な似顔絵だと思った。

「違ってませんけど、これは、何ですか？　どうして小鳥を？」

似顔絵のわたしは、右手に白い小鳥を握りしめていた。ぎゅっと握りしめられて、小鳥は苦しそうに見えた。一方の左の手のひらは、水平に開かれていて、そこから、もう一羽の小鳥が今まさに、飛び立とうとしているところだった。

「いいかい？　その小鳥は、あなたの夢というか、目標というか、そうだな、あなたがいちばん大切にしているもの、あるいは、あなたそのものである、と言ってもいいかもしれないな。あなたは右手でそれを握りしめ、左手でそれを解き放ってやろうとしている。それがあなただと、俺は思った」

そのあとに、彼はつづけた。

彼はその昔、ドラマーだったという。ブルースバンドを組んで成功し、飛ぶ鳥を落とすような勢いで活躍していた時代もあった。けれども、ロッククライミングをしているときに落下事故に遭《あ》い、そのせいで、右腕を失ってしまった。

「俺も悩んだ。今のあなたみたいにね。途方に暮れたんだ。いったい、俺はこれから、どういう方向に進んでいったらいいのか。だって、そうだろ？　片腕のドラマーなんて、聞いたことがない。荒れ狂う日々がつづいたよ。酒に溺《おぼ》れ、体はぼろぼろになり、生活は乱れ、妻には去られ、仕事仲間とも別れ、友人たちからも見放されてね」

「でも画家として、やり直すことにしたんですね？」

「その通りだ。ただ俺は、スケーターだったあなたに、別のスポーツでやり直せなんて、言わないよ。夢をあきらめるな、もう一度がんばってみろとか、努力すれば夢はかなうとか、俺が言いたいことは、そんなことじゃない。その代わりに、俺は言う。もしもスケートをやめ、スケートを失い、恋人を失ったとしても……」

あなたは、何も失ってはいないんだ、と、彼は言った。

何も？

そう、何も、だよ。

スケートも、恋人も、夢も希望も、何ひとつとして、失われない。あなたが生きて、ハートでそれらを感じている限り。それらもまた、生きつづける。あなたとともにある。だから、恐れずに、解き放ってやるんだよ。小鳥を、二羽とも。

「俺の両腕を、よく見てくれ。俺には右腕はない。だけど俺は、失ってはいない。俺の右腕はここにある。永遠に。透明なこの腕で、俺は誰かの肩を抱くことだって、できるんだよ。絵も描けるし、ドラムも叩《たた》けるし、岩を登っていくこともできる」

背後から、別のお客が近づいてきて、

「いいかしら？　お願いしても」

と、リクエストする声が聞こえた。

「ありがとう。ジャックさん。この絵、大切にしますね。お守りにします。だって、これって、わたし自身なんですものね？」

「その通りだ。さようなら。可愛い小鳥さん。またいつか、どこかで会おうね」


その夜、夢を見た。

夢のなかでわたしは、ガラスの靴を履いた、シンデレラだった。かぼちゃの馬車に乗って、お城まで出かけて、華やかな舞踏会の会場で、楽しそうに、くるくるくるくる舞い踊っていた。ダンスのパートナーは、流。氷の上で、流と創った美しい形、呼吸《いき》を合わせて飛んだジャンプ、難しいフィニッシュ。けれども、真夜中の十二時が近づいてきたとき、わたしはあわてて会場をあとにする。片方のガラスの靴を、残したままで。それを流に見つけて欲しくて。

いいえ、そうではない。

わたしのストーリーは、違う。

シンデレラは今夜、両方の靴を脱ぎ捨てる。ぶあつい扉をあけると、城門の向こうには、草原が広がっている。地平線の彼方《かなた》までつづく青い草の上に、わたしは踏み出す。裸足《はだし》になって、一歩ずつ。迷わないで、進んでいく。ひとりで、自由に、軽やかに。

さようなら、流。

さようなら、スケート。

わたしの両手から、小鳥たち、飛んでいきなさい。

見上げた空は、すみれ色。東の方から、陽の光がにじんでくる。もうじき夜が明ける。新しい朝が来る。あしたの朝、目覚めたとき、足の裏にはくっきりと、朝露の感触が残っているだろう。

# 解説

大矢博子

スポーツ小説は不遇なジャンルである。

なんとなれば、現実のスポーツそのものが至高のドラマだから。現実のドラマをフィクションが凌《しの》ぐのは、至難の業《わざ》と言って良い。

極端な例を出すなら。たとえば、北京《ぺきん》オリンピックでの女子ソフトボール。日本代表のエース・上野《うえの》投手は二日間で三試合、しかも延長戦を、爪を割りながらひとりで投げぬき、日本中を昂奮させた。けれど、もしも五輪前にそんな設定の小説があったとしたら、多分読者は「野球マンガじゃあるまいし」と一笑に付しただろう。

では実際に上野投手が実績を作ったあとで、似たような小説が出たとしたらどうか。「現実のパクリ」「モデルがいるから出来た」「現実のインパクトにはかなわない」などと評価されるのがオチなのだ。これを不遇と言わずして何と言う。

ことスポーツの世界に於いては、事実はフィクションを凌駕《りょうが》する。

オリンピックのような特別な例を出さずとも、私たちは現実のスポーツの感動を知っている。中学や高校の部活で汗にまみれた放課後。試合に負けて涙を流したクラス対抗の球技大会。片想いの相手が走る姿をじっと見つめた体育祭。ドーハの悲劇に言葉を失ったこと。イナバウアーの真似をして腰を痛めたこと。大好きな選手の引退に涙したこと。スポーツへの愛着の有無にかかわらず、運動が苦手で体育の時間が苦痛だったような人でも、私たちはスポーツとその周辺にまつわる生《なま》の体験と感動を多かれ少なかれ持っているものだ。そしてそれら生の感動に、フィクションの付け入る隙は、無い。これを不遇と言わずして何と言う。

しかし、それでも。

スポーツ小説は幸福なジャンルである。

なんとなれば、誰もが知っている生の感動を、何度でも甦らせてくれるのだから。

読者が生の感動を知っているが故に、作家がスタートシーンを紡げば、読者はスパイクのソールを通して土を蹴ったときの、あの感触を思い出す。ゴールシーンを描けば、迫って来る白いテープと真横で競り合うライバルの息づかいを思い出す。もしもバスケットボールの場面があれば、体育館でボールが弾む音、シューズが床をこするキュッという音を思い出す。そしてバスケ部の憧れの先輩を、体育館の扉の陰で女友達と騒ぎながら見つめていた中学時代の自分まで、まるごと一緒に思い出すのだ。

たとえささやかな体験、ささやかな記憶であったとしても、小説はその感動の化石を掘り起こし、解凍し、鮮やかに羽ばたかせる。何度でも何度でも。何より小説なら、私たち自身が上野投手になることだってできる。中学時代は振り向いてくれなかったバスケ部の先輩との、あり得たかもしれない「続き」を味わえる。

現実のスポーツは、与えられる感動だ。翻《ひるがえ》ってスポーツ小説は、一緒に体感できる感動なのである。

それがスポーツ小説の持つ力である。これを幸福と言わずして何と言う。


私見だが、良質のスポーツ小説には二種類あると考える。ひとつは、その競技が持つ醍醐味《だいごみ》を伝え、その競技をやりたい・観たいと思わせてくれるもの。これは狭義のスポーツ小説と言ってもいい。スポーツそのものが主役の物語だ。

そしてもうひとつは、競技を描くことによって、自分が体験した、けれど忘れかけていた瑞々しい感動を甦らせてくれるもの。こちらの主役は〝人〟であり、〝思い〟である。スポーツ＋αの小説と言えるだろう。これは必ずしもスポーツ描写がメインではなく、スポーツをモチーフにすることによって何かを描こうとするものだ。

本書に収録されている作品の多くは後者に当てはまる。〝青春スポーツ小説〟の名の通り、現在青春の只中にいる読者にはリアルタイムの共感と励ましを、青春を過ぎてしまった大人の読者には「あの頃」へタイムスリップするような、いくばくかの痛みを含んだ甘酸っぱい思いを、たっぷりと味わわせてくれる。つまり、前段で書いた「感動を思い出す」小説集なのである。

本書に収録されている作品の六人の書き手は、そんな力のあるスポーツ小説もしくはスポーツ＋α小説を他にも著している。個別に紹介していこう。

●あさのあつこ「ロード」

妻を亡くした哀しみから抜け出せない亮平が、たまたま連れ帰った子犬をきっかけに、妻と初めて出会った高校の陸上部時代を回想する。人に対しても、スポーツに対しても、「好き」という根源的な気持ちの大切さが叙情的に紡がれた掌編。記録的ヒット作となった『バッテリー』の著者による陸上小説である。『晩夏のプレイボール』（毎日新聞社）、『ラスト・イニング』（角川文庫）など少年野球小説のイメージが強いが、陸上を扱ったものには『ランナー』（幻冬舎）がある。

●川島誠「サッカーしてたい」
事情のある子供たちが暮らす施設。その施設のサッカーチームが地区対抗戦で戦う姿を描いている――と書くとお涙頂戴のように聞こえるが、一筋縄ではいかない。斜に構えた語り手の、クールな語り口に潜むピュアな熱さが魅力の一作。本編に登場する浅田は青春スポーツ小説アンソロジー第二弾『Over the Wind』所収の「内緒だよ」にも登場する（そしてなんと違うスポーツをしている）。『８００』『もういちど走り出そう』（ともに角川文庫）など、陸上競技をテーマにした青春小説の佳作が多い。

●川西蘭「風を運ぶ人」
南雲デンキ自転車部ジュニアチームのキャプテン就任を打診された霜嶺陸。けれどレーサーとしての才能の無さを自覚した陸は戸惑う――。長編『セカンドウィンド』（ピュアフル文庫）のスピンオフ。『セカンドウィンド』での穏やかで頼れるキャプテンがいかにして誕生したか、その裏にあった彼のプライベートな出来事と併せて楽しまれたい。また、前出の『Over the Wind』には同じくスピンオフ作品として南雲真一の物語が収録されている。09年ツール・ド・フランスで日本人選手の活躍もあり、次第に注目されつつある自転車ロードレース。興味を持たれた方には、近藤史恵《こんどうふみえ》『サクリファイス』、竹内真《たけうちまこと》『自転車少年記』（ともに新潮社）などもお勧め。

●須藤靖貴「氷傑」

実業団アイスホッケーチームでゴーリー（ゴールキーパー）を務める後藤。ところがケガで戦列を離れたのをきっかけに、監督から引退を勧告される――。今年（09年）は、テニスの杉山《すぎやま》愛《あい》やプロ野球の立浪和義《たつなみかずよし》など大物選手の引退が相次いだが、自ら進退を決められる選手はほんの一握り。殆どの選手は他人にそれを決められるのだという厳しい現実に背筋が伸びる。著者は、用語説明のついた異色のアメリカンフットボール小説『俺はどしゃぶり』でデビュー。『Over the Wind』にはアメフト部の学生が野球好きの少年と交流を持つ短編が掲載されている。

●五十嵐貴久「バトン」

高校の陸上部内恋愛をしていた恭子は、彼氏である昭一と別れてしまい、大会のリレー出場も棄権を決意する――。高校野球小説『1985年の奇跡』や理系高校生の青春を描いた『2008年のロケットボーイズ』（ともに双葉文庫）など、落ちこぼれ高校生の青春を書かせたら天下一品の著者が、真正面からの青春＋恋愛＋陸上小説に挑戦したのが本編。短編ということもあり、お得意の「ヘタレ青春」濃度は薄いが、その分、高校陸上部のメンバーを主人公にした『ダッシュ！』（ポプラ社）では、そのコミカルにして感動的なヘタレ青春度合いが加速している。

●小手鞠るい「ガラスの靴を脱いで」

世界選手権で五位入賞を果たすほどのペア・スケーター、可南子。しかしペアの相手である流に失恋し、スケートを辞める事を決意する――。須藤靖貴「氷傑」が〝辞めない強さ〟を描いているなら、本編は〝辞める強さ〟がテーマと言ってもいいかもしれない。なお本編は、『ふれていいたい』（求龍堂／09年『はだしで海へ』に改題の上、ポプラ文庫ピュアフルより刊行）の番外編という位置づけになっている。可南子と流のエピソード、指導者である純子のことなどは『はだしで海へ』に詳しい。果たして本編での出来事を通して、可奈子は流を本当に吹っ切ることができたのか――？　可南子の今後が気になる方は、そちらでどうぞ。

文庫解説の本分に立ち返るなら、個々の読みどころをもっと詳しく紹介すべきなのかもしれない。けれど本書に関して言うなら、それは意味が無い。なぜなら、登場人物たちの悩みや喜び、葛藤、決意などは、彼らのものであって彼らのものではないから。それらは読者のものだから。たとえば、「ロード」に描かれる夕焼けのグラウンドと、夕日に染まる汗。そこに浮かび上がる風景や人物は、読者ひとりひとりで違うはずだ。映像や絵の無い小説というメディアだからこそ、読み手の数だけ、異なる風景が甦る。異なる思い出が沸き上がる。これは、そんな小説集である。

もちろん、先に述べた〝狭義のスポーツ小説〟としての読みごたえもある。「風を運ぶ人」で展開される自転車レースの練習走行場面は、まるで自分自身の足でペダルを漕いでいるかのような臨場感に満ちている。「氷傑」で展開されるアイスホッケーのゴールキーパーの孤独とプライドは、氷の上だと言うのに熱を持って読者の胸を焼く。どちらも一般には馴染みの薄いスポーツかもしれない。けれど馴染みはなくてもその風は、その熱は、しっかりと読者を魅了し、自転車レースやアイスホッケーの試合を一度観てみたいと思わせる。これもまた、スポーツ小説の力だ。

競技への興味を喚起して新たな楽しみを見出す喜び。自らの感動を何度でも甦らせてくれる喜び。そんな幸福なジャンルであるスポーツ小説の傑作選を、どうか存分に堪能されたい。

（書評家）

本書は、２００８年４月にジャイブから刊行された単行本『青春スポーツ小説アンソロジー　Field, Wind』を改題し、加筆・訂正したものです。

青春《せいしゅん》スポーツ小説《しょうせつ》アンソロジー

# ぼくらが走《はし》りつづける理由《りゆう》

あさのあつこ／五十嵐貴久《いがらしたかひさ》／川島《かわしま》 誠《まこと》／川西《かわにし》 蘭《らん》／
小手鞠《こでまり》るい／須藤靖貴《すどうやすたか》


2009年11月16日初版発行

発行者……坂井宏先
編集……JIVE
発行所……株式会社ポプラ社
〒160-8565 東京都新宿区大京町22-1
電話……03-3357-2212(営業)
03-5367-2743(編集)
0120-666-553(お客様相談室)
ファックス……03-3359-2359(ご注文)
振替……00140-3-149271
フォーマットデザイン 荻窪裕司(bee's knees)
印刷・製本 凸版印刷株式会社


乱丁・落丁本は送料小社負担でお取り替えいたします。
ご面倒でも小社お客様相談室宛にご連絡ください。
受付時間は、月～金曜日、9時～17時です（ただし祝祭日は除く）。


ポプラ文庫ピュアフル

ホームページ　http://bungei-pureful.jive-ltd.co.jp/





N.D.C.913/272p/15cm
ISBNISBN978-4-591-11441-4

# ポプラ文庫ピュアフル1月の新刊

## 小手鞠るい 『ガラスの森』

『はだしで海へ』からさかのぼること4年——。15歳の可南子と17歳のナガルの、繊細でこわれやすい「初恋」の軌跡を描いた、ひときわピュアで瑞々しい青春恋愛小説。

## 築山桂 『あかね』

大坂夏の陣で大坂城が落城してから10年——。戦乱後の復興にわく町で、豊臣家の生き残りの姫君あかねをめぐり、それぞれの信念を胸に、生きるために格闘する若者たちの姿を描いた、新感覚青春時代小説!